艳/著

醒着的
XINGZHE DE MENGHUA
梦话

哈尔滨出版社
HARBIN PUBLISHING HOUSE

图书在版编目（CIP）数据

醒着的梦话 / 田凌艳著． — 哈尔滨 ：哈尔滨出版社，2021.1
　ISBN 978-7-5484-5744-2

　Ⅰ．①醒… Ⅱ．①田… Ⅲ．①散文集－中国－当代②诗集－中国－当代 Ⅳ．① I267 ② I227

中国版本图书馆CIP数据核字（2020）第 222137 号

书　　名：醒着的梦话
　　　　　XINGZHE DE MENGHUA

作　　者：田凌艳　著
责任编辑：韩伟锋
责任审校：李　战
封面设计：树上微出版

出版发行：哈尔滨出版社（Harbin Publishing House）
社　　址：哈尔滨市松北区世坤路 738 号 9 号楼　邮编：150028
经　　销：全国新华书店
印　　刷：武汉市金港彩印有限公司
网　　址：www.hrbcbs.com　　www.mifengniao.com
E-mail：hrbcbs@yeah.net
编辑版权热线：（0451）87900271　87900272
销售热线：（0451）87900202　87900203

开　　本：880mm×1230mm　1/32　印张：7.25　字数：150 千字
版　　次：2021 年 1 月第 1 版
印　　次：2021 年 1 月第 1 次印刷
书　　号：ISBN 978-7-5484-5744-2
定　　价：58.00 元

凡购本社图书发现印装错误，请与本社印制部联系调换。
服务热线：（0451）87900278

序

关于梦话 关于自己

这只是一本醒着的梦话
因为一个可爱的理由
才有机会和你见面
这是她的幸运

　　读得多，写得少；梦得多，实现少；遗憾多，惊喜少；大概是大部分人的人生里大概率的事吧。

　　一直觉得，人生中很多的遗憾，是可以通过阅读来弥补的，当然，写作也是。因为别人的文字里，总有你不曾经历过的世界，而你笔下回不去的时光，或许便是他人迎面而来的遇见。人和人在文字里相逢，世界和世界跨越时空遥相问候，所有用脚步无法企及的地方，当你掀开书的那一刻，出发，就已经在眼前。

　　我在生活里流浪，也在生活里定居。我活得很糊涂，也活得很清醒。我希望你可以读懂，我也希望你不要全懂。我享受着自由的文字，我也珍惜自由的风景，以及自由的自己。

我的文字最初的时候，有许多都是写给自己看的，风格不一，长短随意。即使是遇见你的时候，也没有刻意"打扮"，就那么"素颜"以待，没有补充，没有解释，真实得甚至有些粗糙，粗糙得在很长的一段时间里，我都一直在酝酿和你见面的勇气。谢天谢地，我终究没有错过你。

欢迎你的到来，期待你的出发。醒着的梦话，是我念念不忘的"友"，希望也是你值得一见的"客"。

如果有机会，我希望可以听听你对这本"梦话"的意见。下一站遇见，让我可以有更多的好故事讲给你听。如果没有机会，那就请你遵从内心，"修改"后留一个更期待的"梦话"在你的心里，我亦心怀感激。

相信读到我名字的你，会有N种方法认识我，但那些都只是部分的我，如果有可能，希望你可以选择——在我的文字中了解我，你只要知道，我只是一个足够勇敢也足够天真的我，就够了。

目 录
CONTENTS

PART 1
风景和我皆过客

2 .... 人间已过四月天

4 .... 风儿赴了谁的约

5 .... 见你倾尽这一季的温柔

7 .... 窗外

8 .... 月光煮酒

9 .... 春雨依依　秋雨难拒

11 .... 这个夏天，蓄满念想

12 .... 夜色，是思念最好的伪装

13 .... 邂逅在一个寻常的午后

15 .... 偶遇

16 .... 夜色，如此嚣张

17 .... 放慢脚步

19 .... 默然欣喜

20 .... 向黑夜借一个深邃的回眸

21 .... 秋意阑珊

22 .... 冬天里的不期而遇

I

23 .... 把你种在最近的地方

25 .... 海,最真实的传说

26 .... 时间煮雨,岁月缝花

27 .... 所谓幸福

29 .... 尘封和怀想

30 .... 雕一季琼花玉树

32 .... 奔赴一个属于油菜花的春天

34 .... 剪剪轻风护杏花,绦绦杨柳戏春雨

35 .... 昨夜春风来过

36 .... 喜欢春天最初的模样

37 .... 聆听花开

38 .... 夏的渡口

39 .... 时光的针脚

41 .... 遇见与拾起

43 .... 那一程,那一刻,刚刚好

45 .... 向黑夜借一双黑色的翅膀

46 .... 不让等待辜负了期盼

48 .... 不要让重复的琐碎打败了诗意的时光

50 .... 某一种温暖

51 .... 时光最温柔的回眸

53 .... 那一地滚烫的念

54 .... 一江景语寄君收

55 .... 那一寸淡淡的忧伤

57 .... 有风吹来

58 .... 细数雨的声响

60 .... 时光的片羽

62 .... 幸福，是什么呢

63 .... 让心隐居

64 .... 月色清喜

66 .... 脱缰的夜

PART 2
闲暇处更近生活

68 .... 最美的奢侈

70 .... 豁然开朗

71 .... 旅人，亦是归客

72 .... 行与止

73 .... 与其彷徨，不如读书

75 .... 那风中的女子

76 .... 鸟儿的早朝

77 .... 因伤成念

78 .... 那种感觉

79 .... 季节的心事

80 .... 可爱的固执

81 ...... 享受失眠

82 ...... 有你们真好

83 ...... 处处巧合

84 ...... 那雨花 那醉话 那傻瓜

85 ...... 那么好的你，那么好的你们

86 ...... 幸福，无处可逃

87 ...... 错过了和遇见了

88 ...... 分手情书——写在晚餐之前

90 ...... 总有挂牵，长过流年

92 ...... 小时光

93 ...... 一地遐思

94 ...... 时光太窄，牵挂太宽

95 ...... 枯黄的色彩，岁月的赞歌

96 ...... 时光的眉眼

98 ...... 纯粹的夜色

99 ...... 老去的光阴

100 ...... 围观

102 ...... 光阴的简笔画

103 ...... 伤痕也是一种骄傲

105 ...... 趁一切都还来得及

106 ...... 温暖就在转角

107 ...... 一首婉约的叙事诗

108 ...... 风雨无阻

110 ...... 把暖，留给时光

112 ...... 往事的红漆

113 ...... 以青春的方式深醉

115 ...... 别来无恙

116 ...... 如果

117 ...... 繁花如赋，墨曲成歌

118 ...... 为你续盏

119 ...... 走走停停

120 ...... 遥望

121 ...... 只想为一个人余音绕梁

123 ...... 浅浅而行，浅浅落墨

124 ...... "天涯"好远，"早安"好暖

125 ...... 某个小幸运

127 ...... 最初的风景

129 ...... 生活的另一种从容和美好

130 ...... 回忆决堤

132 ...... 夏天真的到了

134 ...... "游"不出你的手心

135 ...... 看时光倾了谁的城

137 ...... 生活难免喧嚣

139 ...... 慢慢老

141 ...... 寻味

143 ...... 零存整取的欢喜

144 ...... 陪陪自己

145 ...... 漂泊的思绪

147 ...... 顽皮的夜

148 ...... 从此,猫也有了秘密

150 ...... 时光轻浅　许你晴天

152 ...... 刚刚起草的童话

154 ...... 和某一颗种子结伴

156 ...... 都挺好

157 ...... 笑着听歌醒着做梦

PART 3
换一个国家看人间烟火——新加坡

161 ...... 一"车"规矩也一"车"故事

163 ...... 尊重,是一种自觉,更是一种文化

166 ...... 今天是你的生日

167 ...... "坡"有意思的植物园

170 ...... 每个人,都在为无数个可能的未来做准备

172 ...... 向"努力的通胀"说"不"

174 ...... 每个人都应该去尝试"不拥挤"的生活

PART 4
把做过的梦当酒喝

179 ...... 走在江南淡淡的风里

181 ...... 曾经遇见一颗糖

182 ...... 温柔的伪装

183 ...... 到海边走走

184 ...... 一个人的修行

185 ...... 如果有一天

186 ...... 等我老了

188 ...... 如果我没有猜错

190 ...... 到时光里走走

191 ...... 与风对酌

193 ...... 为你写序

194 ...... 想把花儿唤醒

195 ...... 你

197 ...... 别

198 ...... 盼

199 ...... 念

200 ...... 冬天

201 ...... 换你时光明媚

202 ...... 觅月集

203 ...... 复习

204 ...... 约定
205 ...... 暂别
206 ...... 海
207 ...... 影
209 ...... 感谢你
210 ...... 温暖的谜底
211 ...... 遇见　再见
212 ...... 被你润色过的春天
213 ...... 拎一篮春光来看你
214 ...... 雨夜
215 ...... 最深的夜
216 ...... 向往的风景
218 ...... 愿你的心里总有晴天

PART 1

风景和我皆过客

大概是因为内心丰富

才需要纸笔来承受其重

和素不相识的每一个你在文字里相遇

其实是一场特有意思的冒险

我的部分故事和部分心情

因为你带着认知的阅读

大概又会长成一个完整又崭新的故事

你读到的和你猜想的凑在了一起

便是一个似曾相识却又与众不同的自己

人间已过四月天

　　一座不会迷路的城，总会有那么一场缠绵随性的雨，等在我必经的路口。从来都不记得带伞，因为我知道，总有伞会记得及时到来。很享受每一次和雨的不期而遇，或潇潇雨里牵一缕温柔盈宛，轻挽美好的思情漫步雨中；或任丝雨缠绵了情思、润湿了心田，逗留在眼角；抑或索性就困在雨里，让大自然的生机、生命里的慷慨与繁华后的宁静，伸手可得。

人间已过四月天，岁月依然风光无限。青苔石阶，时光清浅，每一个脚印底下就是一摊生动的雨痕；细雨相伴，幸福皈依，每一个傻傻的笑脸背后都有一份傻傻的私心。既然生命中注定遇见这场美丽的雨，我又怎舍得错过？既然生命中注定相逢这缕温柔的清风，何不尽情享受其中？

风儿赴了谁的约

　　华灯初上,夜,还是夜。窗外,是一路的奔波;窗内,是满屋的等待。就这样,风儿放了大山的鸽子,却赴了她的约;就这样,风儿裁了夜的霓裳,却装扮了她的窗。这份何其可爱的私心,那条何其可爱的熟悉的小道,连同手心里的暖,耳畔的风,都真实得那么任性。

　　总是担心时光会磨平故事的棱角,总是怀疑岁月会沧桑了昔日的诺言。其实,童话一直都在,有人温暖,有人欣赏。享受夜色,也享受雨露,阳光。

见你倾尽这一季的温柔

倚窗凝望,见你倾尽这一季的温柔。365 日的期盼,难得的相逢,不期而至的意外,不约而同地守候。

你的任性如我,你义无反顾地出发,义无反顾地驻足,义无反顾地倾诉你的问候、你的期待、你的小心翼翼;你的身姿如花,满树满树地绽放,满身满身地飘洒,满心满心地分享你的快乐、你的忧伤、你的洋洋洒洒;不敢看你,怕自己沦陷在那倾城的圣洁里;不敢看你,怕目光灼热了这一季的温柔;不舍躲你,怕躲过了这一天,哪一天才是下一个的雪天;不舍躲你,怕躲过了这一次,就错过了又一个美丽的冬季。

醒着的 梦话

　　伸手仰望，迎接你奔向大地的那个瞬间。小小的身子，慢慢地靠近，闭上眼睛想象你的美丽，挪动脚步跟随你的旋律，把偌大的平地，当作天然的舞池，把若曦的雪亮当作天然的灯光，倾尽你的温柔，舞一曲。

窗 外

窗外，那两只鸟儿的悄悄话一直说个不停。想必是久别重逢，抑或是依依相惜……

就这样，从昨夜缠绵到了今晨。夜半未眠，几次想要起床，却怕灯光扰了他俩的情话，几次想要推窗，却怕目光乱了目光。就这样，半梦半醒，想着自己的梦，却赏着别人的歌。

雨，总是最善解人意的，在一旁陪伴着，不远也不近。这样缠绵的雨，映衬着这样寂寞的夜；这样多情的鸟儿，唱着这样深情的歌。窗外的景，风儿的话，不知何故，穿墙而过的却是那青一色的心动。想象着，那对深情的鸟儿置身在雨中，轻轻地牵着手，深深地在拥抱，泪痕混在雨丝里，内心却是一脸的欢笑。今夜有雨，今夜无眠，只为旁观这次美丽的相遇。

月光煮酒

我喜欢月亮，极其喜欢的那种。无论是新月的媚眼，半月的嘴角，还是满月的身姿；无论是月宫里不老的传说，还是月光下不朽的誓言；无论是月亮在白云间穿梭的动感，还是凝望着星星的静谧；都是那么动人、动心。倘若时光交错，岁月改写，邀李白同桌，携爱玲在侧，捧书香在手，让月光煮酒，取月影入画，融月色于诗，那将是怎样曼妙的光景！三千冷暖，皆作寻常；四季寒暑，不敢辜负。翻一个浪漫的故事下酒，摘两片青葱的嫩芽沏茶，然后，把写不完的、看不够的、说不尽的情思码成一段段的文字，装进时光的抱枕里。让身和心哪怕辗转反侧，随处都能遇见温柔。

感谢有你，感谢月光。等待的时候，我从来不怪时光的姗姗，让我可以以最悠闲的方式出现在故事的开头；不舍的时候，我从来不怪离情的依依，让我可以用最笨拙的方式坚持到每个童话的最后。慢慢喝，慢慢走，慢慢回眸，慢慢牵手，慢慢转身，慢慢白头。慢慢的阳光，有慢慢的力量；慢慢的月色，有慢慢的温柔；慢慢的文字，慢慢地享受。

春雨依依　秋雨难拒

　　比起春雨的缠绵与羞涩，印象中的秋雨却多了一份寂寥与惆怅。时晴时雨，时缓时急。春雨如茶沁人心脾，秋雨若酒醇香醉人。

　　青春年少时，喜欢毫无遮掩地在淅淅沥沥的春雨中，肆意地奔跑，仿佛自己就是整个世界。迷蒙的视线，所及之处，都是浪漫的主题。稚嫩的脸庞，淡淡的雨痕，用舌尖轻轻地舔着调皮的雨珠，唯一的味道就是浅浅的香甜。就让春雨丰盈着每一个年轻的细胞，就让生命沉浸在大自然的甘露里从此不老。

　　走在季节的轮回里，我们慢慢地懂得了春雨依依，秋雨难拒。许多季节当下的美好，终究，被岁月风干成了记忆；许多春雨时节的畅想，终究，在秋雨中或者改写，或者继续。

　　我们终究都要走进季节的秋里，又怎么可以一味地沉迷在春的无忧无虑？撑一把水墨尽染的伞，墨绿色的山水，纯天然的留白，站在秋风里，走在秋雨间。任时缓时急的雨点顺着伞骨与伞骨之间的平面慢慢滑落，那风情万种的英姿与水墨风的图案融为了一体，秋的丰韵，秋的心事，尽收眼底。总是以为，春雨最为诗意，年轻才配得上美丽，

醒着的 梦话

当绽放的伞花一往情深地走进那深秋的雨,才明白,淡妆浓抹的季节,各有各的美丽。每一回不期而至的雨,都是大自然的给予。

这个夏天，蓄满念想

你喜欢用语文老师的方式为我描绘未来，我却总是用数学老师的方式温习故事的开始；你喜欢用美术老师的方式在离天最近的地方倾诉你的祝福，你的畅想，我却总是用体育老师的方式"蛮不讲理"地裁判；我相信月光不会撒谎，我相信诺言都是原创，我相信一切字里行间的温暖和手心里的汗。时光的转角，你把感动涂满了岁月的城墙；青春的故里，你让故事长满了皎洁的月光；画一个梦，画一座山，画一条山路曲曲弯弯；留一个人，留一颗心，留一池心事摇摇晃晃。

这个夏天，蓄满念想。

夜色，是思念最好的伪装

　　每一天，都能看到许多人的成长和用心；每一天，都能听到许多人的鼓舞和肯定；每一天，都能拥有自己想要的梦想和晚安。

　　岁月，如窗外的红枫。青葱有青葱的朝气，绚烂有绚烂的魅力，在青葱与绚烂之间，总有一段红绿掩映的成长时光，让我们每个人手握艰辛，却又乐此不疲，让我们每个人步履蹒跚，却又一往无前。

　　夜色，是思念最好的伪装，亦是相逢最美的霓裳。在这样的夜色里，我想赖在风中，不离不弃。

邂逅在一个寻常的午后

邂逅这片竹林，是在一个寻常的午后。记忆中，极其寻常的那一片绿色，却选择在这样的时候，走进我的思绪。也许是风的缘故吧，对的，一定是风的缘故。是那一阵突如其来的风，让那些掩映在竹林深处的黄叶萧萧而落，我才注意到脚底下踩的这条小道居然是竹叶铺成的。那般金黄，那般柔软，那般生动。人哪，多少次的熟视无睹，才恍然发现竟是一往情深；多少次的擦肩而过，才懂得珍惜每一次的久别重逢。

就这样走着，风吹过的声音，总是在提醒着我，叶子又开始落诗了，洋洋洒洒的，从从容容的。就这样在时光里驻足，谁为流萤赋，谁又把笙箫度，也是叶落也是竹舞。

想起年少时的日子，总是喜欢喧闹害怕独处，总是喜欢三五成群，大声地笑放肆地哭，每一个寻常的日子，我都可以找出一万个理由把它过得活色生香、载歌载舞。即使是简简单单地生个气，也要敲锣打鼓，因为我只想享受有人陪伴有人介意有人在乎的富足。岁月终究还是让我学会了享受孤独，浅浅的一片林，窄窄的一条路，偶然的一阵风，落叶的一支舞，都足以让我陶醉，让我知足。刚沏的一杯茶，深爱的一本书，远方的一声挂牵，走心的一句祝福，都足以让我回味，让我幸福。

今日，轻风弄袖，落叶成诗；那就一边享受美好，一边享受孤独。

偶 遇

这是一场计划已久的心血来潮,更是一次放肆和克制的纠结与较量。

旧旧的街,旧旧的桥,旧旧的歌,旧旧的船,走在旧旧的风景里,用心触摸那一段段旧旧的故事,任凭那旧旧的岁月从那旧旧的青石板间探出头来。细雨柔情,古镇多娇。哪怕没有亲手执着油纸伞,哪怕是望眼欲穿也未寻见那一个丁香一样的姑娘,但每一颗心,都在同一个时光里,偶遇着不一样的美好。

喧闹是夜幕下最闪亮的武装,寂寥是晨曦里最生动的写照,还有那一拨又一拨的人潮,想必就是属于西塘的一个人的色调。岁月留痕,年华渐老,遇见所有的风景都显然宽容了很多,树高树矮,花开花谢,潮涨潮落,都是书,都是画,唯初心不变。想想一路上的种种未知,看看此时此刻的种种惬意,旅途总是充满挑战与欣喜,人生何尝不是?不忘初心,想起年少时的那份执着,不也是如此?旧旧的古镇,旧旧的时光,你可依然还是当年那个旧旧的旧旧的你?

醒着的 梦话

夜色，如此嚣张

夜色，如此嚣张，尤其是在月朗星稀的时候。无论我把心事揉成圆圆的一团，还是搓成长长的一条，你都可以洞察所有。锦湖上的小桥已等候我多时，而我依然姗姗来迟。是担心那浅浅的夜色掩饰不了深深的心事，还是担心那朗朗的月光投射出长长的影子？也许都是，也许什么都不是。

遇见一处心仪的风景，我是连心情都不可将就的，是骨子里的固执，还是被宠爱的任性，说不清。好几回只身前往，近在咫尺却又转身离开，只是远远见了又远远道别，仿佛什么都没发生，又仿佛什么都已读懂。

就这样纠结，就这样彷徨，就这样被月光消遣了时光。就这样把原想细细临摹的青春的眉眼涂鸦成岁月的额纹；就这样把别人的桥段装进自己的故事。月色无垠，锦湖有岸，借习习秋风送牵挂一程，从晚安到早安！

放慢脚步

有一条小路，我走得不多，却也不少。每次遇见我总是会情不自禁地放慢脚步。我在想，到底是盛夏时浓荫遮蔽，曲径通幽让我沉迷，抑或是金秋里红枫似火，凉风相伴让我陶醉？也许都是，也许都不是。

置身于饱满的夜色里，好几回，我都来不及细细感受这条路有多美，因为我的视线习惯了在某个方向，感受某个温度，即使是片刻的走神，亦是不舍。所以，久别重逢后的今天，我选择了依然从小路的这头走向那头，从公园的这头穿过那头。跟着感觉，忘却所有。不需要斟酌，不需要推敲，我只知道那是我心里一直惦记的角度。满地落叶，一身阳光，让自己披一身秋天的味道，却走在时光的春色里。举目四望，小路上投下老树斑驳的影子，都交错成了浪漫的诗行，石阶上或深或浅的青苔，都已经涂满了岁月的温暖。但一切显然都是幸福最真实的模样。

真想就这样，从小路的这头出发，直到遇见生命里所有的幸运，真想就这样，伫立在街头，无须美酒盈杯，不要香茗满盏。

醒着的 梦话

默然欣喜

小楼新月，锦湖秋风，总会有些风景，在你还没留心她的时候，已然陪伴了你很久很久；在你还没介意她的时候，已然为了你别无所求。说不清这是一种水到渠成，还是一种默然欣喜。

对于月亮，我的喜欢可以说是难以言喻。也许，也许是因为仰慕天空的辽阔而爱屋及乌了。喜欢春月的温婉，夏月的浓烈，秋月的韵致，还有那冬月的含蓄；喜欢在淡淡的月色下徜徉，清风盈袖，一个人漫无边际，两个人随心所欲。又或者找一棵年岁颇长的老树，最好树底下有那么一层厚厚的落叶，随便哪个角度坐在落叶上，靠着那斑驳的树干，我都可以揽月入怀，目光所及，荷风摇露，秋月闻香。

千江有水千江月，我甚至可透过那柔和的月光去倾听去感受风起时那月儿的深情与不羁。凉风有信，明月无边。寥寥锦湖，浅浅疏篱，沿街树影，一路花事。难得闲心念闲情，却怕闲情乱闲心。且将风语付新月，不许新月盖邮戳。哪怕为难了月亮，也不能为难了那风……

醒着的 梦话

向黑夜借一个深邃的回眸

　　这样的月光这样的夜，这样的距离这样念，忽然就想起了那两个旷世奇女子——林徽因和张爱玲。一个是素雅到极致的人间四月天，一个是冷艳到彻底的临水照花人；一个让人倾其所有只为宠爱她一生，而无怨无悔；一个为了爱情宁可低到尘埃里默默萎谢……那水光浮动着的白莲，那魂牵梦萦的月亮，因了她俩而永远地盛开在了时光的深处……

　　我喜欢林徽因笔下那一树一树的花开，却也敬仰张爱玲文字里义无反顾的纯粹。有时候想想，或许林徽因的这份恬静安然里多少有点出生地——咱美丽杭城的影子，抑或是张爱玲的那种清冷艳丽从她遇见胡兰成的那一刻，早已埋下了伏笔。白莲花已谢，古月照今人。斑驳的往事，欲语还休；朦胧的月色，不期而遇。

　　隔着一个传说的距离，目光掠过所有过客的背影，所幸没有你。把错落的音符挂在窗台，将落墨的诗行铺满小屋，再向黑夜借一个深邃的回眸，问月亮裁一袭皎洁的华衣，静静地等，静静地把一盏茶续了再续……

秋意阑珊

没有好好读懂诗人吕声之桂花树下"独占三秋压众芳，何夸橘绿与橙黄。自从分下月中种，果若飘来天际香"的即时感言，秋，便已悄然而至。

秋风辗转，舞清欢；秋意阑珊，夜薄凉。浅秋的阳光终究敌不过这深秋的月，一袭华衣，一地风光，一季倾城，一袖念想。她宛如深闺的姑娘不紧不慢，又恰似韵致的少妇风情万种；她透过婆娑的树影倾吐她的深情，她借着纯粹的夜色讲述她的故事；月心是她亲手写下的田园诗，澄澈中带点忧郁，月晕是她随性时涂下的山水画，朦胧而又写意；月光应该是她不小心洒落在人间的言情书，绵长却也幽远。因为有了她，天上多了嫦娥，地上写满了传说。

我趁着这样的夜晚，却遥想起彼时的月光。光阴旧了，难免感伤，月色仍在，温暖依然。天上只有一个月亮，水中也有一个月亮，心中的那个月亮在时光里可也安好，可也还是那年那月当初的模样？

醒着的 梦话

冬天里的不期而遇

忙碌的日子，连视线都变得潦草。路上风寒，才猛然想起，这已是深冬。与温暖隔着一个季节的距离，说不出是远还是近。

时光，就这样被春夏秋冬拼接在了一起，又被酸甜苦辣填满了全部的空隙。看一场姹紫嫣红的花事，来一段踏雪寻梅的回忆，搁下所有的身不由己，任性一回，成就了这个冬天里的不期而遇。

积蓄了那么久的欢喜，一边在克制，一边在决堤。山不懂，水不懂，云不懂，雨不懂，满天都是星一样的问题，满耳都是风一样的絮语。把所有的介意都写在唠叨里，把所有的骄傲都藏在目光里，试着为一朵花而低眉，为一片云而驻足，也为一阵风而动容。

在时光里，感受距离；在冬日里，拥有暖意；幸福，也许就是一种触手可及的温暖，一种酸甜可口的美丽。

把你种在最近的地方

你,趁着这样的雪夜,溜进我的那扇窗,叫我怎么有心设防?你,披着一身的银装,想找我谈谈,让我怎么忍心阻拦?

闭上眼睛假装不想,满心欢喜,一脸慌张。多少次,你轻敲我窗,想要偷看我捧书的模样,仿佛每一回伏案都为你续缘;多少回,你翘首以盼,期待我转身回望,仿佛每一次回眸都为你牵肠。

你忘了,你一定忘了,我说过没有导航,远方太远;你忘了,你一定忘了,我说过告别青春,成长太慢;你忘了,你一定忘了,红灯太多,超越太难;你忘了,你一定忘了,梦时太美,醒时太烦。可你还是一如既往邀我前往。你可知道，我有多想，你就是那一对翅膀，而不是窗前寂寥的侣伴；你可知道，我有多想，把你种在最近的地方，而不是匆匆道别默默观望。

海，最真实的传说

微波舐岸，乘风踏浪，足下是浪花写给沙滩湿漉漉的诗行——温柔而又沧桑；远处是海岸为风帆DIY的摇篮——深情而又浪漫。

站在海的对面，那三五成群或吟或唱的可是过海的海鸥展翅谱写的恋歌？那波光粼粼或浓或淡的可是灿烂的阳光亲手描摹的线谱？

二月的鼓浪屿，面朝大海，尚且还未春暖花开。总以为潮声共和、波澜壮阔是大海全部的性格。如今，走进每一个细节，才知道，海就是海，海亦如我。礁的孤独，沙的随和；浪的蓬勃，水的打磨；帆的活泼，鱼的执着；风的拥抱，脚的按摩……风景在眼前应和，明媚在手心盈握。

春的柔和，夏的热情，秋的成熟，冬的深刻，一茬一茬，都是海最真实的传说。

时间煮雨，岁月缝花

　　时间煮雨，岁月缝花。那些盈握在手心的往事，那些镌刻在素笺的文字，在时光里一路风尘，却从未荒凉。

　　春节，是个有意思的节日，她喧嚣，她也宁静；她任性，她也多情；她可以步履匆匆地赴一程山水，登高望远，她也可以温情脉脉地将心安放于淡淡的文字中，执笔落墨。一切都是大自然生动的赠予——时光的倒影，烟花的回眸，岁月的留声机……

　　春天，是个有意思的季节，她温柔，她也奔放；她低调，她也奢华；她可以一个人行走在阡陌淡淡的风里，寻找自己，她也可以陶醉在花团锦簇、姹紫嫣红的世界里，迷失自己。一切都是新一季可爱的序曲——杨柳的新装，雨巷的裙摆，梦想的高跟鞋……

　　时间煮雨，岁月缝花。我在春天里出发，向着你等的方向，浪迹天涯……

所谓幸福

所谓幸福，就是在每一个最最重要的日子，都会有最最介意的温暖和祝福；所谓美好，就是春色满园，夏虫呢喃，秋风送爽，瑞雪冬藏。

我是如此深切地笃情于雪色，想必，雪也是懂我的。或许，期末，与雪初遇；生日，与雪重逢；这分明就是一场计划已久却又赏心悦目的约定。尘世喧哗，雪，依然是温柔端庄的模样，明眸里写满圣洁，唇齿间透着梅香。雪把那汉白玉的雕栏小桥为我定格在了湖畔，我抖落了柔软而惦念的心思，等雪看穿。

多少回，我忘了关窗，静待一场雪色，爬满篱墙；多少回，凝眉窗前，我一次次用心复沓着对雪的痴狂。在我眼里，雪就是一个偏心的诗人，用一年的时光酝酿，却只写那一季隽永的诗篇；在我眼里，雪就是一个多情的舞者，风是雪的知己，雪是风的爱人，偌大的舞池，天空是飘逸的舞姿，脚底是深情的吻痕；在我眼里，雪就是一个孤独的画家，唯一的画笔，唯一的颜色，便在天地之间纵情挥舞——眼前是水墨风，心底是绕指柔。在我眼里，雪还是一个久别的友人，一个拥抱深深温暖所有，一个背影足以旖旎了时光……

醒着的 梦话

　　雪，又开始下了。也许，喜欢世界万物到了极致，就根本不用找一个绚丽的理由。在这冬天的诗行里，想等待某一朵雪花细落，轻贴眉睫，落在手心，沾了衣襟；也等待某一处积雪成峰，挥笔就可以把全部的美好刻在季节的深处。

尘封和怀想

疏梅残香盈袖，瑞雪抚花微瘦。看岁月的车轮，把青涩的时光剪裁成了明媚的两段，一段用来尘封，一段用来怀想。

执念微微疼，光阴寸寸瘦。到底是那似水凝烟的眸里，盈满了烟雨蒙蒙的心事？抑或是只想携取一缕春风，你却给了我整个春天的温暖？是笃情于江南，抑或是泼墨于纸上？是风静月常明的轻吟浅唱，抑或是海阔凭鱼跃的一如既往？

"世间安得双全法，不负如来不负卿。"时常会不自觉地遥想，那婉约如画的日子里，约在某个江南的小城，没有油纸伞，没有青石板，如有雷同的是那悠长寂寥的雨巷。细雨成帘，和风随往。视线，窄得只够怀抱一处风景；时光，却安放了全部的美好。那遥不可及的梦，那惺惺相惜的暖，连同那柔软而忧郁的心思，在江南的雨里，相视一笑，已成珍藏。

风儿可知，口在逞强，心在投降。可否，许你，一种静谧，一份清欢。容我，轻卷心眉，执笔时光。

雕一季琼花玉树

　　昨夜，我在梦里宿醉，你在窗外坚守。天色苍茫，是谁彻夜未眠只为雕这一季的琼花玉树？大地冰封，是谁情难自禁挥毫泼墨这冬日的万种风情？几日前，盼你念你等你，有心怨你姗姗来迟，却又万般不舍。你的飘逸，你的从容，你的圣洁，连同你的毫无保留，还未兵临城下，我早已甘愿投降，在你的世界里，仰首白羽满眉眼，俯身飞絮盈白头。

　　意犹未尽，踏雪寻梅，独步湖畔，眼前银装素裹，世界粉妆玉砌。任寒风裹着雪沫频频落在眉间，看柳梢披着雪装俏皮温婉，看茶梅扬着一脸的傲然晶莹地开放……微信里、短信里，早已把你的冷，你的寒，渲染到了极致，却不曾想唯有真正地置身其中，才能读懂你严寒中的全部的温柔。喔,寒潮如此倔强,我却在你的怀里遇见不曾有过的温暖。闭上眼,放空心,静听天籁……什么都可以想,什么都可以不想,在这熟悉的九龙湖畔……

直到此刻,我才知道,自己为什么不喜欢跟随着熙熙攘攘的人群日复一日地在同一条路上或散步,或行走。因为,有一些美好属于季节,有一些美好源于岁月,还有一些美好只想与你共阅。

奔赴一个属于油菜花的春天

江南三月,花事纷沓而至,此岸彼岸,花海温柔以待。岁月的沉香,季节的絮语,时光的浅墨,都一起在这如织如画的江南里搁浅……

赶在太阳下山之前,奔赴一个属于油菜花的春天。漫山遍野都成了油菜花的闺房,泥土散发着芬芳,绿叶衬着金黄,到处是黄澄澄的盛装。徜徉在这小路上,有风吹来,柔柔淡淡的清香弥漫在田间,扑面而来;蹲下身来,三三两两的彩蝶嬉戏在花间,几多沉醉;闭上眼睛,屏住呼吸,我似乎可以清晰地听见那菜田里传来的沙沙作响,或许那就是小动物们与花之间的悄然对白。

不敢轻易打扰,又不舍深深错过,只好匆匆行走,慢慢回味。旧时屋檐,陌上风车,山间草人,长廊灯影,都说花是春天最痴情的恋人,只此一恋,就此道别,待来年已是尘缘如梦,往事如风。但我偏不信,因为,花季虽然说不上漫长,花谢已然春也去,春归又见花又开,如此深情,如此专注,哪怕是离别太长相逢恨短,但毕竟每年每月每时每刻一直在彼此的挂念与回望里,用三季的等待与怀想,换整整一个春天的深情与陪伴,也已是极致的幸福与美好,怎敢苛求?也许,有些景,看与不看,都在心里;有些人,说与不说，都是深念。

　　就像这一季的油菜花。这么近，那么远，不变的是，一直开在鱼儿的心上，温柔又壮观。

剪剪轻风护杏花，绦绦杨柳戏春雨

"沾衣欲湿杏花雨，吹面不寒杨柳风。"一直想不通，如此细腻的笔触，如此娇羞的文字却是来自志南和尚的《绝句》。直到在剪剪轻风护杏花，绦绦杨柳戏春雨的时节里，看炊烟袅袅，繁花满庭，何等通达，何等惬意！春天，如此从容，又如此诗意！喜欢也不再是少年的权力，沉醉也不再是青春的独语。即使是看破凡尘的志南和尚，也难免心泛涟漪。

倚着春的门扉，拽看风的裙摆，赏着雨的探戈，晃着云的酒杯，不知多少人会选择在这个春暖花开的季节里，相逢，相约，又道别；相拥，相叙，又离去，就如花开花又谢。那些骄傲地站立在墙角，倔强地绽放于阡陌，温柔地等待在湖畔，羞涩地卑微在尘埃里的，终究是不约而同地成了这春天里的过客。也许正是这份注定落寞的繁华，人们才会如此介意，又如此珍惜。在这个季节里，花儿可知我思绪万千，却又只能心如止水，再葱茏的温暖，再介怀的美好，都只能悄然无声地独醉。愿花期，一直在心里。

昨夜春风来过

　　花谢花开，春去春归，往事就这样盛开在季节的枝头，又被旧时光悄然风干在小路的左右；岁月就这样装满我的手心，又依着经年的指缝边走边漏……窗台上，是兰花妩媚，屋檐下，是燕儿呢喃；不远处，是柳色青青。到处都是昨夜春风来过的痕迹。

　　在这个温暖的季节，心底的杂念也在春风里悄然播种。而我也是对她纵容得很，任她葱茏，任她娇艳，任她知足，任她羞涩，也任她风雨无阻。倚着春天的门扉，就这样许自己静静地捧着一本泛黄的旧诗集，仿佛置身于剧里，又仿佛保持着距离。

　　如果此刻，你恰好路过了我的春天，而你便也识得了春天的那个不懂事的我，可否，与我一起深居在三月的花事里，与桃之夭夭深深邂逅，与梨花胜雪久别重逢。然后，把那些触手可及的温暖和惺惺相惜的回忆都定格成不约而同的文字，成词，成诗，成赋，成章，种在春风里——任你端详，任我淘气。

醒着的 梦话

喜欢春天最初的模样

  天太高了，所以看不清云的模样；路太长了，所以看不清风的表情；唯有阳光，一如既往的多情——在树梢，在田野，在屋顶，也在手心。

  站在季节的转角，看寒意渐远，看春光渐浓，也看尘封了整个冬天的思绪渐渐明朗渐渐清晰。

  青春的独奏，往事的独白，初春的独舞，在每一个清晨与黄昏的周而复始中执着又招摇，想必是季节的序曲吧！林间陌上，花花草草赶趟儿似的探出头来，仿佛一迟疑就会错过永远，在温润的风里，在薄凉的雨中，等待那一个懂她的人。山间田园，有歌者，有孩童，还有江南淡淡的女子，悠然地行走在春光里，与山水携程，与草木相暖，问候问候小鸟儿，抚摸抚摸桃花儿，拥抱拥抱柔风儿，拨弄拨弄柳丝儿，好不惬意！

  喜欢春天最初的模样，满目生机；希望遇见更好的自己，回眸有你。

聆听花开

梅花落了杏花舒,桃花开了梨花舞。春色日渐葱茏,轻轻地把枕雪闻梅的回忆合上,在这个万物复苏的季节里,播种温暖,浇灌美好,聆听花开,雕刻从容,念念不忘的依然是,对你,情有独钟。

时光,浅了再续;浓墨,醉了再挥。在明媚的春色里,翻阅着每一节暖色的篇章;用清澈的眸子,轻抚着每一段潮湿的文字;以丹青的笔法,墨染着每一处雪藏的风景。任思绪跳跃在笔尖,任春光弥漫在纸上……

路有藩篱,梦在彼岸,心向暖阳,风送花香。或许,放逐,也是另一种成长;或许,坚守,便是朴素的力量。于是,我选择在离你最近的窗,只种一株小小的木棉,孤独又缠绵;只说一种你懂的语言,深刻又浅显。从此,知足。

醒着的 梦话

夏的渡口

　　站在夏的渡口，沿着花香，回眸春的温柔。风，轻敲着窗；湖，倒映着柳；鸟，吟唱着歌。那落花如雨的小径上，是谁沉醉不知归路？那思绪如风的时光里，是谁选择相约在记忆深处？曾经幻想，曾经期待，曾经念念不忘的，是谁坚持把她带到熙熙攘攘的未来，许她以重重叠叠的祝福？
　　生活，也许就是一场自己和自己的"拉锯战"，梦和醒，迎和拒，来和往，去和留，这世上有多少人以友谊的名义深深地爱着一个人，又有多少人以现实的名义辜负了梦想一生！总以为海阔天空，总以为高山流水，总以为山重水复之后是理所当然地柳暗花明又一村，却从来不曾想，距离，总是那么具体，视线，总是遥不可及。试着闭上眼睛，试着跨越时空，就那么义无反顾地放任自己，仿佛一切都是那么清晰，那么清晰，那么清晰。徘徊在落英缤纷的径上，独自寻找来路上那一朵朵依然倔强的模样。
　　残花疏影，朝花夕拾，不远处，清晰可见的是永远的人间烟火，伸出手，措手可及的依然是身侧柔风。蓦然想起，某个夜晚，某场雨中，某条路上，有伞，也有梦。

时光的针脚

　　时光的针脚，在季节与季节的道别中细细穿梭；光阴的画卷在往事与往事的重逢里慢慢铺展。当天边那一抹金色的霞光缓缓消失在远山身后，大地换上了一袭水墨的盛装。夏天的雨，与春天相比，少了一份矜持，少了一份缠绵，少了一份娓娓道来，也少了一份轻吟浅唱，却多了一种义无反顾的勇气，势不可挡的力量，旗帜鲜明的立场，淋漓尽致的壮观。

　　初夏，似乎想用尽一切与众不同的方式，让我们迎接她的到来。风，悠闲地拽着夏的衣角，雨，任性地爬上夏的裙裾，眼前的一切忽远忽近，忽明忽暗，于是习惯性地开始在脑子里整理那些零零碎碎的关于风的故事，关于雨的童话，还有关于风和雨共同又温暖的记忆。

　　雨水似乎特别眷恋江南，也特别偏爱夏天，下雨的时候，还是依然会有光着脚的冲动，即使是在钢筋水泥困扰着的城市里。光着脚丫，闭上眼睛，放飞思绪，依然可以假装漫步在青苔遍布的青石板上，甚至可以用脚底细细按摩那深深浅浅的石刻的纹理，质朴得难以形容，那一刻，只想沉迷。

　　走在雨里，仿佛时间按下了暂停的键，任雨水漫过路

醒着的 梦话

边矮矮的石阶,也任雨水肆意地冲刷檐下的木椅;任长长的思绪在雨水里慢慢湿透,也任满满的执念在雨水里深深发酵。街上的行人匆匆地和雨赛跑,而我却在雨中拉长前行的距离……

　　我的小日子,不应该是这样匆匆忙忙的,我觉得。我的小背包里,不应该只装着琐琐碎碎的,我觉得。抬头看那檐角滑落的光阴,低头捡起水花浸润的故事,慢慢地,悠悠地,悄悄地,静静地,不管雨外面的世界怎样喧嚣,我依然可以 —— 风过眉梢,雨披肩上,孤独恰到好处。

　　也许世间所有的繁华,终究会在流年里悄然别过,我只想简简单单地种一份念想,在雨里,独自葱茏;在风里,悄然盈握。原来,幸福就是在对的那段时光里不错过。

遇见与拾起

　　这人间四月的天，显然是随性的，晴晴雨雨，时晴时雨，朝晴暮雨，着实顽皮。带不带伞，加不加衣，只能是凭感觉。想来我也是随性的，城市的风雅，陌上的清新，书中的故事，花间的露珠，我都能觉着她的美，她的好，即使是吴哥窟那样宁静悠远，深藏不露之处，也依然可以试着走近，试着了解，试着尊重。但有时，却分明是挑剔的，一砖一瓦，一草一木，甚至每一个词，每一个符号，我都不可以草草将就。所以，一直把日子过得有条不紊，温柔地做梦，随性地写诗，笃定地耕耘，执着地读书，也浅浅地思考。

　　也许，在随性与挑剔之间的那一个，才是最最真实的自己。所以，开始相信，有些人，有些事，遇见与拾起，有时候会连自己都说服不了自己。即使是简简单单的一份设计稿，我也依然奢望能从字里行间读到我想要的，也想给的似曾相识，久违心动，默然欢喜。也许，我就是那一个不修边幅的完美主义者——浪漫又纠结。即使是简简单单的一场流感，我也依然想跟病毒偷偷较量，不想吃药，不想打针，不想投降。也许，我还是那一个有些霸道的笨小孩——任性又无邪。想来也是岁月的偏爱吧，总是那

醒着的 梦话

么恰好的,雨巷中逢着油纸伞,春天里遇见向阳花,手心里涂满悄悄话,夕阳中端坐云水间……

于是,在时光的沙漏里,不小心就把自己宠爱成了现在的样子。明明知道"忙碌"是一道解不完的应用题,"奔波"是一篇写不完的记叙文,还是情不自禁,还是蛮不讲理,把悄悄话都演绎成了一部播不完的连续剧……

若说,相逢不语是懂得,其实,把酒言欢亦知音,语与不语,在心也。

那一程，那一刻，刚刚好

　　清风徐来又暮春，时光深处且缤纷。有那么一条路，不知道是不是因了她的美好，我们才选择路过那里，还是因了我们一起经过了那里，她才显得特别地美好。

　　那是一种蓬勃的葱茏，也是一种不争的悠然；那是一种生命的图腾，也是一种岁月的壮观。在那年少的时候，总是喜欢极致的美和好，喜欢——花在盛时，鸟在欢歌，鱼在畅游……然而，那极致之后的落寞、疏离，淡忘，却也常常让我耿耿于怀。年岁渐长，慢慢开始学会感受期待中的美好，珍惜经历时的幸福，懂得记忆中的温柔。

　　四月里的芳菲显然是与众不同的，她是那么张扬，又染着些许寂寞。那些开得早了的花儿，经不得一树的春风，深深吻别，坦然赴约，那么从容，又那么婉约，以至于都分不清谁是谁的过客。都说最美人间四月天，花低眉，柳含情，山举杯，水对饮，那年年岁岁似曾相识的风景里，原来竟是大自然周而复始，从来都不会爽约的海誓山盟。

　　一起来这里，一起凝眸，一起呼吸，一起聆听，一起淹没在苍翠与落英交相辉映的梦里，那一刻，你会觉得，那些蹉跎了的岁月，空负了的夙愿，都只是一个小小的意外而已。一程山水，一砚水墨，起笔描摹，落笔成歌。不是全部的孤独,都在为伤感代言;不是全部的往事,都只适合用来怀念;也不是全部的旅程,都可以将温暖定格在心间。那一程,那一刻,刚刚好。

向黑夜借一双黑色的翅膀

　　人间四月的花，绚烂；人间四月的风，俏皮；人间四月的夜，阑珊。穿梭在城市与城市之间，早起杨柳堆烟，午间阳光明媚。真想，就这样哪儿也不去，悠悠群山，结伴而行；脉脉云水，折柳而歌。

　　我说过，想向黑夜借一双黑色的翅膀，从此可以在黑夜里去想去的地方，不让任何人看见那清澈见底的惆怅。其实，还不尽然，应该还有一览无余的幸福满满，和那隔着秋的萧瑟，隔着冬的霜寒之后的姹紫嫣红的春光。我在想，也许人生中，有些时光注定是一片美丽的沼泽，她让我们风雨无阻地前往，倾其所有地珍惜，心有灵犀地懂得，也学会了对全世界都温柔相望。

　　浅浅时光里，乡间享暖阳，长堤寻柳烟，素衣清颜，朝花夕拾，你随时凝眸，随时驻足，都会遇见你想要的风景与温暖，就像山峰和流水，就像蓝天和白云，既然不想擦肩而过，那就一起约定诗和远方——如此说来，那该是怎样一种坚定力量！

醒着的 梦话

不让等待辜负了期盼

岁月留痕,时光筑梦,一半忧思,一半情思。无梦的人,长叹"有梦真好!"有梦的人,唏嘘"追梦真难!"我于世界,只差一个梦的距离;我于未来,依然相隔着整一个世界。隔三岔五就会谈及梦想,不知道这是一种与生俱来的幼稚,还是一如既往的坚持。未来已来,梦想还在,我该怎样义无反顾,才可以努力地赶赴着这一场属于梦的前世今生,我该怎样执着笃定,才可以成全这一路上全部的厚爱信任?

或许,总有一天,《千与千寻》的曾经都会变成点滴回忆,《欢乐颂》的现实也会让你习惯了假装忘记,或许,再也不会提及,或许就这样淹没在风里。世界那么大,大得根本数不清到底有多少的错过与逃离;世界那么小,小到每一次都可以清晰地感觉到珍惜和不易。是啊,人的一生,或许并不缺少擦肩而过的美好,却往往少了那份倾尽一生的勇气。于是,有人,活了一辈子,却只为一瞬间反复回味;而有人,阅了无数的人,却只为一个人痴心不改。

生活,置身其中,困在其中,却也乐在其中。在360度的转身里,看有人拓荒,有人回眸;看有人憔悴,有人抖擞;也看有人拥抱,有人挥手。兜兜转转,又兜兜转转,时光荏苒，梦想都依旧在原地打转，如果拓荒，如何不忘，都是两难。可否不让等待辜负了期盼，拼尽全力地用一生去爱一场？

醒着的梦话

不要让重复的琐碎打败了诗意的时光

　　一场雨，从昨夜起程，淅淅沥沥，极尽缠绵，不知道哪里才可以歇脚片刻。不方便出游的日子里，读书应该是不错的选择，研研墨，续续杯，描描红，挥挥笔，临窗伏案也算是不负时光。没有人催着，赶着，也没有事堆着，等着，好喜欢这样惬意的日子，可以细细深究，也可以一目十行，可以偶尔发呆，也可以书声琅琅……

　　也许是下雨天的关系，即使是在午后，不远处的街上，依然是霓虹闪烁，隐约可见的是那一块块的广告牌和牌下等雨的人。我在想，是不是生活真的不能太较真，一直没有好好留意，难得今日有闲情，却发现了那条路上都是些特有意思的牌子——没有巴黎的"巴黎岛"，没有玫瑰的"玫瑰园"，没有海的"深海部落"，没有蝴蝶的"蝶之坊"……一条街，也是一如人生，有多少想介意的事，走着走着就不再深究了，又有多少很重要的事，想着想着就算了……或许不是不够执着，不够深刻，不够洒脱，只是难得糊涂罢了。难得糊涂，才能释怀全部的纠结；难得糊涂，才可以滋生百般的美好。

　　也许，有些雨，是用来护花的，有些雨，是用来敲窗的，而有些雨，注定是用来陪一把伞的；有些雨，是用来怀念的，有些雨是用来陶醉的,而有些雨注定是用来期待一辈子的。如果每个人都过着随遇而安的生活,重复的琐碎打败了诗意的时光,雷同的喧嚣掩埋了青春的烟火,那些看似轻描淡写的放弃里,可还依然深深地刻满了由来已久的不甘心?

　　总是在不经意的时候,莫名地就想起深刻的话题,停留?行走?转身?回头?我曾无数遍地和你重复着我的梦,不是不可以,只是不想——与你的伞,远离。

醒着的梦话

某一种温暖

　　轻触键盘，想把窗外的蝉鸣，花香，连同蓝天，白云，还有洋洋洒洒的阳光一股脑儿地装进诗行，总以为只要在熙熙攘攘的人群里不声不响，望着啥，盼着啥，念着啥，笑着啥，等着啥，或许都只是某一个人的谜团。可是，一切，总会被音乐推波助澜，总是会被文字一一浇灌，总是会被傻傻的表情给幸福出卖……

　　阳光一如既往地透过树梢，婆娑树影，斑驳时光，或许，每一片落叶都是青春渐远的伏笔，我们也许永远都不会知道，她许了谁的花事，又种了谁的蒹葭？暖了谁的书房，又煮了谁的花茶，陪了谁的繁华，又赴了谁的天涯？

　　忽然，笔就停了，心就乱了……

　　白落梅说，没有约定的时候，我们听候宿命的安排，转过几程山水，以为相逢是一场无望的梦境，却不曾料想，我们将彼此守候成山和水的风景。在光阴的两岸，我总算明白，离别和相逢是一样的久长,悲伤和幸福是一样的深浅。

　　或许，足够幸福，才会彻底淡忘了悲伤，不轻易悲伤，才能够狠狠幸福，于是选择，安静的时候，顽皮的时候，懂事的时候，任性的时候……都会静静等待某一种温暖慢慢地疗愈。

时光最温柔的回眸

雨依然下个不停，没有油纸伞，没有丁香一样的姑娘，只有回忆里的那条蜿蜒的雨巷……我曾无数次地试过在梦里转身，却依然一次次地在雨中迷蒙。

沿街的树木，抖落了往日的风尘，在烈日中似乎有些憔悴的枝叶，又在这场酣畅淋漓的雨里，滋养，修复。绿色，浓得怎么也化不开，一束束，一丛丛，在伞的对岸穿梭，就像是这一季的念，刚刚在灼热中渐渐干瘪，却又在势不可挡的骤雨中蓬勃，鲜活。

小时候，曾经不止一次地有过这样的怀想，夏天炎热，冬天冰寒，一年，最好有两个春天与秋天。如今看来，也许只有经历过盛夏的千锤百炼，深冬的寒风凛冽，世界才有了这般万紫千红的可爱。就像是此刻，望见花坛上的不知名的小花，小草，在风中摇摆，也在风中依靠；望见墙角的树苗，翠竹，在风中致意，也在风中拔节；心底里如泉般涌上来的却是对大自然和生命深深的敬意。

尽管依稀还有落叶在半空飞舞，尽管不时还会有残花在路旁凋谢，但成长却写满了每一个瞬间，就像这铺天盖地的雨，填满了天地间的每一个缝隙，就像这挥之不去的关于雨的回忆与记叙，无须提笔，却已然深深地刻在了时

醒着的 梦话

光最温柔的回眸里——不褪色，不苍白，忘不掉，抹不去……

窗里窗外，都是雨，一场从天而降，湿了地，一场因念而起，乱了你……

那一地滚烫的念

盛夏，因了之前隔三岔五的雷雨闪电，让我对这场突如其来的热有了过于低调的估计，仿佛是刹那间，全世界都已是热火朝天。城市的角角落落都是措手可及的热，街上的行人全副武装却依然还是在这扑面而来的热浪中无法从容穿梭。

于是开始想念有雨的日子，想念倚窗望雨的时光，也想念伏案听风的岁月和那时光里被雨淋湿了的对白，被伞撑起了的晴空。想来还是自己任性了，属于这个季节的文字本来就是火红色的，明明岁月给我们布置了一篇命题作文，却还是老想着改写成淡蓝色的诗歌……一意孤行，却也自得其乐。

各种的热，将黑夜的睡意，燃烧殆尽；各种的念，在夜色里，一边发酵，一边纠结，不能成眠。那个曾经每晚陪伴着的梦啊，总是醒得那么突然，那么强烈。

闭上眼睛，假装睡着，把记忆中的美好一遍又一遍地重播、剪辑，直到无懈可击，然后永久地保存在脑海里……

只有一个观众，只有一个导演，只有一个主角，还有一段夜幕下的序言，仿佛是在记录岁月，却又像是见证时光，终究是因拾起的那一地滚烫的念。

醒着的梦话

一江景语寄君收

　　静静地站在陌生的地方，凝望着不一样的天空，却依然下着同一样的雨，念着同一座城，乱了同一颗心……雷声和雨点频频眷顾的日子里，心情也时不时地会滋润，会淋湿，会异动……

　　文字里曾有着太多太多雨的印记，以至于每年的这个季节，回忆总是多过记叙。如约的相逢，意外的邂逅……在这场与酷暑握手言和的时光里，每一次偶遇注定都会那么刻骨铭心。我相信，时间是有回声的；我也相信，这回声里从来有雨。

　　喜欢雨的人，很多时候也会喜欢迷。雨丝飘过的视线里总有些风景是你看不透的。也许正是这种欲说还休的朦胧，才让这同一样的雨，落在不一样的城，不一样的人心底，终究成了不一样的迷。远了太远，近了太近，就那么隔着一场雨的距离，踮起脚尖，刚刚够得上思念；捧在手心，刚刚够得上陪伴；转过身来，刚刚够得上回眸。

　　喜欢在午后赏雨，更喜欢在深夜里听雨；喜欢在回忆里追雨，更喜欢在蓝天下戏雨。有雨的日子，连梦都是澄亮的蓝色的。在蓝色的梦里，乘一叶扁舟，执一壶浊酒，雨在耳畔，月在心头，念不止，饮不休，一江景语寄君收……

那一寸淡淡的忧伤

日子，总是忙碌得很。就像是乘坐高铁，每一站只是停那么一会儿，稍不留神就错过了……等车有等车的不易，上车有上车的艰辛，行车有行车的难处。但是，每一程经历过后，所有的不堪，都慢慢地在时光里微不足道，回忆起来未尝不是等待的甜蜜和挑战的美好。

美国女诗人狄金森说："等待一万年不长，如果终于有爱作为补偿！"每每觉得须咬咬牙才能坚持的时候，就在心底默默地念着这句，刹那间豁然开朗。

于是，开始学会在等待中享受等待，在挑战中勇敢挑战。然后，你会慢慢发现，生活中许许多多的不可能，都在你的咬咬牙中慢慢地变得那么动人，甚至成了在你的回忆里最为漂亮的一程。

如果终于有爱作为补偿，这也许是对等待而言最为动容的承诺，如果依然有爱一直陪伴，这也许是对挑战而言最为温暖的力量。当我们的快乐、我们的寂寞、我们的欢欣尽收对方的眼底，爱，注定无法蛰伏，情，注定无法平息。

那些带着泪的笑，那些带着笑的泪，让相逢如约季节的请柬，让道别奏响再见的序言，让回忆爬满了道别与相逢之间的每一个白天和黑夜……

如果终于有爱作为补偿，如果从来有爱一直陪伴，我愿慢慢享受幸福中夹杂着的那一寸淡淡的忧伤和忧伤里浸润的全部的幸福……那该是一种怎样的美好……

有风吹来

每年的这个时候，天，就正式地热了起来。高考与中考接踵而至，也让一树又一树的梦想渐渐升温。即使粗心如我，那一茬又一茬的季节的问候，依然是扑面而来。

"小荷才露尖尖角，早有蜻蜓立上头"，说的就是这个时节吧。依山傍水，绿肥红瘦，偶尔有几只调皮的青蛙在我们的视线里闪过，又匆匆地跃入水中。有风吹来，荷叶圆圆，花儿香香，赶早的小莲蓬羞答答地藏在那一片接天莲叶之中，怕有人打扰，又怕无人知道。蝴蝶又来抢镜了，从这一朵飞到那一朵，从姑娘的帽檐飞到小朋友的肩上……

放眼望去，红绿相间，动静相宜，山水相依，到处是夏天的味道，或深情款款，或含苞欲放，或一枝独秀，或两两相依，或低眉含羞，或热情豪迈……就像是绽放在这个季节的梦想，虽然一朵有一朵的姿态，但每一朵都值得我和你尊重、敬仰。

阳光越过浅浅的云层，鸣唱着夏日的恋歌，一季繁华，一季浪漫，静静地徜徉在荷塘边上，我又想起了那一晚的月色……

细数雨的声响

下雨了……那天也是个雨天……也许从那个时候,我才开始迷恋雨天。每逢下雨,即使是很忙很忙,我也会暂时放下手头的事情,遥望着山的那头,细数着雨的声响。

有人说,雨,是飘落凡间的云;雨,也是天空不舍的泪。雨,于我而言,更像是一位无话不谈的友人。那沙沙的雨声,或委婉,或铿锵,但每一句都可以触碰着我心最为柔软的地方。在雨中,心,可以独醉,也可以独舞。仿佛偌大的天地间,只有我和雨,尽情,却不放纵。

人总是越长大,越是感觉到纯粹的可贵,真诚的可贵。喜欢远远地望着雨,读懂她全部的温柔与诗意,翻阅她所有的童话与故事。当雨从天上倾情而来时,不问路途是否遥远,不问归程是否无期,不问繁花是否依旧,那义无反顾、淋漓尽致的,可是雨用一生挥就的情书?想来我是喜欢雨的,不,不只是喜欢,还有深深地敬仰。

也喜欢深深地浸润在雨之中,只有当雨从四面八方向你走来,你才能真正地和她齐舞共欢。小时候,总是会不听劝告,一旦下雨,便泡在雨里疯一回,那是属于童年的不可言喻的陶醉与美好。长大了,偶尔偷偷地站在雨中,看树上的叶子一片一片地变亮,看路边的石阶一级一级地明朗，看周围的伞花一朵一朵地绽放，一边感受着雨降临大地的初心，一边执迷着风遥寄远方的眷恋……

想来，雨也是懂我的。我把全部的悄悄话都藏在了雨中，却在风和日丽的时候随心取阅；我把全部的执念浸润在雨里，却在风中写满了一程快乐给雨那头的你。雨，从来不过问，但却一直都深深懂得。

所以，在雨中享受安静，也在雨中顾自地张扬，在雨中感受从容，也在雨中笃定地期盼，我记得那也是一个雨天，雨不大，巷不深，乖乖地倚着墙，看那把属于我的伞在风中欣然靠近的模样……只有我知道，这该是怎样的一种幸福与温暖……

醒着的 梦话

时光的片羽

忙碌的时候，就提前想想假期的美好，于是，暂时的艰辛，也会风轻云淡……海岸、沙滩、森林、牧场、沙漠、夕阳……随着假期的临近，每一个词语都充满了不错的幻想。

世界那么大，我想去看看，可我更想的是和你去看看。悄悄地移动着鼠标，在地图上模拟起来"旅行"。大江南北，海峡两岸，东南亚，澳新法，西班牙，爱尔兰，一次又一次地推敲，一次又一次地计划，一次又一次地想象着说走就走的"幸福"的模样。

每年都是这样，和宝贝商量，和工作商量，也和时间商量，朋友说，为什么一起同往某一个国家，驻足某一个城市，凝眸某一处风景，我总是会留下许多很不一样的印记，比如照片，比如文字，还比如不一样的背影和眼神。我说，或许是遇见了美好反而多了份未能同频共享的缺憾，却愈加记挂着手心的温暖。太绕了，甚至更糊涂了。或者，我压根就没有想把她说明白，只是真的那样觉得了，未必就有人那样懂得了，只有一个例外。就够了。

旅行的时候，即使是在廊桥古镇，哪怕是在异国他乡，总是喜欢可以喧闹一些。不是因为心若浮华，岁月轻狂，只是想让自己看起来真的不怕孤单。在我看来，寂寞是用来独醉的，而热闹不妨可以好好地分享。不知道为什么，也许这一切都是因为某年某月某一天养成的好习惯，就那样地如影随形地刻入脑海里了。

有人说，生命中的每一霎时间，都是向永恒借来的片羽。若干年以后，拾起这张张片羽，我相信还是会拥有一如既往的幸福的泪光，从容的目光，坚定又温暖……

醒着的梦话

幸福，是什么呢

  也许，人生中有的地方，路过时，并不觉得有什么特别的，很多年以后，那里却让你魂牵梦绕；也许，人生中有的时刻，经历时，并不觉得有什么特别的，很多年以后，那一刻却是你的海枯石烂。一座城市，一个人，一段往事，一本书，就这样，某年某月的某一天，都定格成了回忆中的温暖与永远。时光的脸，有时温婉，有时俊朗，那些或者是似曾相识，或者是与众不同的片段，就像是光阴的裙摆，一片有一片的姿态。城市的光，有时璀璨，有时柔美，就像是少女的秀发，一束有一束的馨香……

  某个雨天，某条路上，某个视角，仰望某座飘雨的城，用指尖轻轻弹过经年往事，一个人倾听岁月的回响。或轻或重，或深或浅，或柔或刚，往前走走，向后看看，一边是脚印，一边是背影，一边是回眸，一边是前行。没有遇见让自己停下脚步的人，那就欣然前往；如若遇见，那就是彼岸。

  传说中，彼岸，就是幸福的模样。幸福，是什么呢？幸福应该就是——相遇没有时差；幸福应该就是——思念就在转角；幸福应该就是——我全部的欲言又止，你都可以深深懂得……

让心隐居

浅夏，一米阳光羞涩中带点温婉，几许清风轻轻地拂过脸颊，寻根墙畔的花渐次开放，闭上眼，深呼吸，那些或浓郁，或淡雅，或纯粹的花香夹杂着雨后泥的气息，草的芬芳，就那样一股脑儿地向我袭来，连空气中都流淌着香甜的味道。好想就这样把自己搁置在大自然的露天的花房里，看一朵花开，陪一朵花谢，听一路花语，借一场花事，让心隐居。

不喜欢把围墙设计成密不透风，严严实实，仿佛这个世界与这里无关。即使是为了安全，我还是可以错落地装上栅栏。这样的话，阳光就可以随心地到校园里走走看看。校园里的小鸟儿也可以随心地飞到围墙外陪陪远山。看花不在陌上，听溪不往山涧，于是并不大的校园里有了野蔷薇，有了日本樱，有了栀子花，有了桂花林，有了海棠景，也有了腊梅韵……再加上错落在路两旁的"袖珍荷塘"，即使是没有月色的夜晚，诗意，也总是随风轻轻叩响在橱窗，在围墙，在花瓣，也在路上。

初荷映素心，不语诉真情。在花香里铺开素笺，在微笑中与光阴谈天，也许最适合此刻的自己。

醒着的 梦话

月色清喜

好友曾经好奇地问过我,为什么头像是一轮月亮,那么写实,而且从来都不换?偶尔,闺蜜间小聚,也会拿这个"八卦",再不,就是以为鱼儿自己,也是因为忘怀,而成了不朽的习惯……

其实,心中一直珍藏着这样一幅山居图。静谧的夜里,有那么一轮皎洁的月,错落的小木屋,还有远山,或者田野。远离世间的繁华与嘈杂,那些删繁就简、自在从容的日子,就那么不经意间包容了每一颗或者饱经沧桑,或者执迷不悟,或者随遇而安的心……不必早起草草梳洗匆匆奔波,也不必彻夜苦思冥想辗转难眠,不必纠结是喝茶,还是咖啡,不必操心窗外的花,是醒还是睡,不必熬大碗大碗的心灵鸡汤自斟自饮,也不必走老远老远的路才可以看想看的人和想看的风景。

萧红说了,一切都活了,要做什么,就做什么,要怎么样,就怎么样,都是自由的。倭瓜愿意爬上架就爬上架,愿意爬上房就爬上房。黄瓜愿意开一个花,就开一个花,愿意结一个瓜,就结一个瓜……蝴蝶随意地飞,一会儿从墙头上飞来一对黄蝴蝶,一会儿又从墙头上飞走了一只白蝴蝶。它们是从谁家来的,又飞到谁家去,太阳也不知道。

是啊,太阳也不知道,那该有多好。你乐呵呵地钓着鱼儿,我在一旁陪着蚂蚁聊天,玩耍,也听听风儿的醉话、傻话,这样安静的小屋,这样清新的早晨,这样悠闲的午后,这样温馨的夜晚,我都深深地,深深地喜欢。一起种上几棵树,于树下摆上几把竹椅,研一坛浓墨,画一纸天涯,又或者,斟一盏绿茶,读一卷好书,又或者着一身长裙,吟一曲小令……

白音格力说:"清喜,往往只是花开一场,但一定有清雅姿态,即使影子被风吹薄,仍是幽谷水袖,袅娜仪态。"那么,月色下的那份介意与珍惜,手心里的那份牵挂与温暖,文字中的那份随性与自得,也许,都是最为动心的那份清喜吧……

脱缰的夜

有一种情绪，就那么毫无征兆地，在这样的夜晚泛滥成灾了……

挑一本喜欢的书，沏一杯喜欢的茶，以一种喜欢的姿势，静静地站立在窗前，想尽一切办法，却依然把自己淹没在那势不可挡的心潮里，连同窗外的远山，锦湖，路灯，树影，还有我那些视作最强大的"武器"——书中的文字……

有人说，任何决定，都不要在深夜里做出。无论多急，请一定等到天亮，等到阳光再次照耀了大地之后，你再决定也还来得及。你千万要小心，黑沉沉的夜是有毒的……

想来也是，要不，晚风从发间轻轻拂过，触目远眺，为什么那一盏盏橘黄的琉璃光照见了静谧的夜，却遇不见那个超凡脱俗的自己。还是会被俗事所扰，还是会被心事所困，还是会被别人的故事悄然影响着自己的小情绪。那些被万水千山阻隔着的，那些以为可以云淡风轻了的，连同那些若隐若现忽近忽远的，在黑黑的夜里，就那么突然间清晰，突然间伟岸。即使闭上眼睛假装看不见，可那黑黑的夜，分明满天都是深深浅浅的墨色，那一个依然任性的自己仿佛就是一张薄如蝉翼的宣纸，计划已久的思绪就那么肆无忌惮地晕染了每一个看得见，或者看不见的角落，连同淡淡的忧伤和那狠狠的幸福……

PART 2

闲暇处更近生活

每个人的心里

都有一块自留地

种过忧伤也种过欢喜

不同的季节相遇

都不是全部的你

怎样的幸运

才能拥有一年四季

都可以陪在你身边的权力

最美的奢侈

匆匆,葱葱。碌碌匆匆的是时光,郁郁葱葱的是思绪。像极了,像极了这横店影城的香港街、广州街。彼此,不近不远地相处着,不离不弃地牵挂着。一个只为了续写另一个人的传说;一个只为了走近另一个人的曾经。

看得见彼此关注的眼神,听得见彼此怦然的心跳,记得住彼此温暖的手心。一场雨,一阵风,一句嘱咐就足以颠覆整个桃花潭;一季花,一城树,一声祝福就是一路七里香。然而，盛名之下，这样的回眸，这样的牵手，注定是最美的奢侈。不想错过，却常错过；不想打扰，却常打扰。

广州街的不古，香港街的不俗，注定了彼此一生都挥之不去的寂寞——被热闹化了妆的寂寞。无论是多少的依依难舍，无论是怎样的挂肚牵肠，当快门摁下的那一刻，一个出现在她的镜头里，一个属于另一组画面。生活就是这么戏剧，在一个盛产戏剧的景区里，我细细地体味着。当所有的人把镜头对准它们的时候，从来都没有人问过它们愿不愿意，因为，盛名之下的它们，注定了它们只有优雅地接受所有的喝彩，我们总把这样的打扰，看作一种喜欢，连同我自己。还好，有夜晚；还好，有彼此；目光未及之处，你却一直用心抵达。

豁然开朗

去吃晚饭的路上,到处是年中盛宴、季末处理的广告,偶尔透过厚厚的玻璃门,里面的衣服婀娜依然。浅秋清凉,纵使万千宠爱,也不过一季娇艳弄人,一季坐等清仓。只不过是路过了一段习以为常的感伤。不擅长,不热衷,不习惯逛街的我,显然不可能是改变她的归宿的力量。但是,看看又何妨?就算是路人甲的道别,就算是落幕前的观赏。

靠近时,却发现不全是这样。人来人往,更衣换装,讨价还价,言谈甚欢。我是多虑了,也许,对于深爱又能爱的来说,新款之始便可一季相伴,即是幸福;对于想爱又难爱的来说,季末清仓方得垂爱,未尝不是一种满足。

路过一场即将落幕的盛宴,却读懂了整个季节的豁然开朗。

旅人，亦是归客

这一阵，忙碌的身影随处可见，用心的故事层出不穷，温暖的文字总在心头。

喜欢一身暖意地走在习习秋风里，傻傻地打扰一下风，打扰一下自己，走在路上也不再会计较混凝土的味道总是没有青石板的魅力。俯身拾起那片应风早落的叶，看那叶片写满淡淡的淡淡的秋思，叶柄却是一脸的倔强，我在想，那叶于树梢飘落的时候，该是一种怎样的情怀？是叶落归根的恬静淡然，是飘然离去的风情万种，还是敞开胸怀的悦纳与包容？或许都是，或许不止。

有人说，秋，注定是个多愁善感的季节，一草一木皆不能脱俗。不自觉地抬头，却发现树冠苍翠依然，枝丫间挤得满满的都是绿叶，总以为难掩寂寥的季节，不经意间却在诠释着生命的美好。想起此前种种对秋的定论，也只不过是来路上的误会而已。只要换个角度，抬起头，已然是勃勃的生机，连同这片为绿意为生机悄然赴地的落叶，都足以让我满怀敬意。大地的深邃不是所有人都可以懂得，但她却义无反顾。以为她是寂寞的旅人，不想却是怀旧的归客。以一种水墨的姿态，认真地活着，也认真地爱着，认真地离去——在树与地的距离中，无意徘徊，欣然前往。

这该是一种怎样的境界与担当！

行与止

佳节的夜晚,九龙的湖畔,用脚步丈量着路灯与路灯之间的距离,从远到近,又从近到远。说是在散步,更像是目光与灯光的两两相望。

于是,我又果断地任性了。随便挑了一个路口,任性地前往,每一个岔路的地方,我就闭上眼睛转上两三个圈圈,果断停下,果断前行。

果然,一成不变的路线,远不如改变带来的惊喜,值得我向往。虽然,我至今没有弄清锦湖苑里到底有二百多幢还是三百多幢;虽然,不擅长走路的我,不知道要多绕多少的弯弯。其实,对于锻炼而言,曲了,也就长了;错了,也就是对了;生活亦是如此,坚持如果值得,那就毫不犹豫;改变如果恰当,那就义无反顾。就像这路旁的灯辉,无论你驻足观望,还是擦肩不返,人不扰她,她亦无心扰人,人来人往,花开花谢,矢志不渝,初心不改。

与其彷徨，不如读书

把整整的一段时光交给图书馆，有时竟然是一种奢侈。就像三月的蓝天白云底下，一边是众人瞩目的翱翔在天际的纸鸢，一边是紧握手中不忍松开的线头，每时每刻，都是一种奢侈。独坐在阅览室里，顺手挑了两本书，一本是深刻而不通俗的，一本是浅显而又清新的。像极了，像极了，很多人，很多时候的心境，没得选择时的无奈，有得选择时的纠结。

醒着的 梦话

心境常常惊人的相似，破解却是条条大路通罗马。就像此刻的我，闭上眼睛，用拇指轻轻滑过那一页一页的笔墨，用耳朵来寻找我想聆听的花开的声音，世间的事竟然这样的奇妙，这样离谱的寻找方式，竟然可以让我与你相遇。转身之间，月融融。我甚至不肯给你加上那个众人冠之于你的庄重的书名号，因为我把你看成了月光下最懂我的那一弦琴音。果然如此。

世事万千，生来彷徨，与其彷徨，不如读书。原来，有些书，有些文字，却不一定为那些大方慷慨地掏钱买书之人而作，只是因了那个可以读懂，愿意读懂的人而生，而在寂寞地等待着的。人无缺，书亦无憾，如若遇上，那将是怎样的幸运，又怎敢奢求其他。

那风中的女子

风扇里的、空调里的、阳台上的风,显然是不同的。无论是风情,风韵,还是风语。

风扇里的风,宛如一个爽朗的姑娘,扑面而来时的直接,说走就走时的毅然,那副敢爱敢恨的模样,想必是温热时节的夜晚,最好的陪伴。

空调里的风,就似一个贤淑的佳人,温文尔雅,琴棋书画,淡淡的出场方式,浅浅的相处方式,静静的道别方式,总会轻而易举将那万千炎热融化在手心。

这样说来,阳台上的风,无疑是个性情女子,小小的任性,傻傻地笑,时而借着月色挪过我的影子,时而夹着落叶亲吻我的衣裳,时而趁着湖光拨弄我的视线……枝叶细碎的影子,被风一摇,心事就落入了眼中。

是的,只有这样的风,才对得起这样的月;只有这样的夜晚,才配得上这样的寂寞。

醒着的 梦话

鸟儿的早朝

早早地,醒来。轻轻地,开窗。近近的,鸟语。幽幽的,花香。被梦扰醒的日子,我却一次次地观摩了鸟儿的早朝,花和叶的约会。

一唱一和地叽叽喳喳,若隐若现的恬静馨香,总让我从一个梦中醒来又在另一个梦中沉醉。带着梦中的无障碍的觉与悟,我似乎是能够懂得那些鸟,甚至那些花花叶叶的。渐渐频繁的却欢快极致的鸣叫声,被花的香、草的香、树的香映衬着,显然是惬意极了的。

我甚至开始感激那个在梦中寻找我的人,尽管是扰了我的梦。纯粹的水乡,清一色的木屋,似曾相识的人和似曾相识的故事和那依然率性随性任性的自己。梦着,显然是美好的,醒来,依然是美好的。原来,一切皆在内心。

因伤成念

脚伤，未能远行；向往大海，喜欢用手指轻轻地在海滩上写下我的心情，喜欢让舌尖挑战海水那咸涩的味道，喜欢一边仰望蓝天，一边张开双臂，刺激地躺向细柔的沙堆，喜欢披着夸张的浴巾站在水与沙的交界，假装会游泳的样子。

一切因伤成念。还好湖是海的兄弟，家就在湖畔。无论哪一层的阳台底下，便是锦湖风光，树木成行，水波微漾，蝉声清灵，小桥婉约。于是，把二楼的窗帘选择成海浪的图案，光着脚坐在木地板上，摆上海边盛产的水果，想象着头顶就是蓝天的模样……选择最容易的方式，用心远行。

那种感觉

空气里弥漫着喜欢的味道。闭上眼睛,深深呼吸,那种感觉,极尽奢侈。

风随手动,境由心生。那知性的、柔美的,想必是桂花藏不住的清香;那动感的、滋润的,应该是湖水忍不住的应和;那爽朗的、帅气的,也许是梧桐树挡不住的诱惑;那清纯的、清爽的、清新的,一定就是柚子果闲不住的"诗书画作"。

粗线条的我,总会在错过中,悄然收获;粗线条的日子,偶尔也要尝试细腻地过。和桂花的香味儿捉捉迷藏,与一湖的水波戏着月亮,伴路旁的梧桐数着寂寞,把满树的青柚写成传说。你别说,这种种的感觉,确实暖人心窝,尤其是在这个习习凉风皆画意的季节里。

我想留在这里,不舍离去,不必离去。或者留这一路的风景在手心里,睁眼可见,触手可及。

季节的心事

在这个红枫摇曳的季节,在那些辗转反侧的夜里,我总喜欢窗外能够传来如约的雨声,在年华往事的章节里,浸润每一段故事,每一个文字。该有多美,多么陶醉。

没有丁香一样的姑娘,没有寂寥的雨巷,没有等在巷口的褪色的布衣长衫,只是那把岁月的伞,便足以把秋雨的心事读懂望穿。往事转过身来,那么熟悉,那么亲切,还有着红枫一样的脸庞,许是喝了酒吧,不然又怎会如此地热烈与张扬;秋风伴起舞来,那么柔情,那么陶醉,长长的裙摆掀起路边的落叶,裙起叶起,裙收叶落,无须伴奏,亦是一曲情真意切久别重逢的探戈……

风轻拂,心荡漾。枫遍地,情满江。不知是谁见证了谁的成长,抑或是谁为谁倾诉了无边秋色与衷肠,只知道风也捧场,枫在成全。

可爱的固执

朋友突然间冒出一句话：我知道你身上最吸引我的是什么了，是一种可爱的固执。

我笑了，我听过说我可爱的，也听过说我固执的，却还是未曾听过这样纠结的说法的。想想也是，15岁那年开始有了正儿八经的梦想，那梦想至今仍是我的梦想；一个承诺许下的就是10年的岁月，再难也没想过改变；一个托付虽然不重却从未敢忘却；18岁那年经历了一个正儿八经的谎言，不言说，不计较，只付时光来明了，用了整整六年的时间，只是为了证明谎言仅仅是个谎言。

那些可爱的固执，那些傻傻的坚持，让我拥有那么多至纯至真的友谊，让我拥有了那么多如茶如酒的回忆。把青春付流年，看固执多可爱，也算欣慰。

享受失眠

难得失眠,却也享受。窗外湖柳,你可知否?

喜欢极了,你这傻傻的模样,树,向往蓝天,努力生长;枝,回眸土地,不离不弃。喜欢极了,你这默默的坚守,日,朴素地站立湖边,无论阳光还是风雨;夜,优雅地映衬窗前,无论你见或者不见。喜欢极了,你这静静的姿态,笑,在心,无论是熟悉的身影还是陌生的眉眼;爱,满怀,无论是永远的相伴还是一生的期许。

陪我,在每一个有梦的夜里;随我,在每一个花开的季节。

有你们真好

眼前的你们，虽然久违，却丝毫不觉得陌生。久违的是时空，无间的是友情。还是那般爽朗的笑声，还是那般本真的谈吐，字里行间还是那么情真意切，言谈举止还是那么无拘无束，让我很难想象。

二十年了，已溜走的是光阴，积淀的是友谊。一位过来接我，一位也已为我点好了餐。仿佛就是昨天，仿佛我们彼此都不曾分开，其实我是求教来了，在你们的眼里，读到了鼓舞和信任，读到了许多期待与底气。也许在此之前，在此之后，我们都依然属于这个纷纷扰扰的世界，但显然，此刻，宁静就在我们身边，没有喧嚣，没有杂念，有的还是一如既往坦诚相待、发自肺腑。与你们的交流，我无时无刻不在感受着距离，教学上的、管理上的、素养上的……与你们的相处，我又无时无刻不在感受着没有距离，与时间无关，与空间无关，友情无距，牵挂无距……

我原只想撷取一缕春风，而你们却给了我整个春天；我原只想采撷一片枫叶，而你们却给了我满园秋色；三月杭城，谈不上温暖，三月的你们，却让我沐浴着最美的阳光。有你们真好！

处处巧合

相同的时间，不同的会场；相同的热爱，不同的诠释，一样的忙碌。人生总是处处意外，向往田园的人总是困扰于钢筋水泥之中，渴望恬静的相处却无法远离喧嚣的背景；人生总是处处巧合，不约而同地承诺，不约而同地思考，不约而同地选择在某一个时间路过，不约而同地选择在某一段时光重逢。

冥冥之中，注定了在忙碌的间隙里因为意外成就了的那么多巧合。我们一起选择了忙碌，只不过你把忙碌当作优秀的习惯，而我却把忙碌视为另类的享受，如此而已。期待改变的，那就努力吧，改变不了的，那就接受吧；期待拥有的，那就争取吧，争取不了的，那就尘封吧。不是所有的梦都实现了才能兑现她的美好，那就好好地享受这个追梦过程吧！

醒着的 梦话

那雨花 那醉话 那傻瓜

又一次穿梭在那一段接着一段，来不及写上标点的文字中，看那介意、那关怀一览无余。千年的古城，盛世的古都，近在咫尺的风景，总是敌不过千里之外的牵挂；字斟句酌的客套，总会输给语无伦次的醉话。我知道，有些种子，已经埋下，却只能远远地看着她长大；有些风景，已经驻扎，却只能偶尔地翻翻她；有些故事，已经出发，却只能假装生命中没有她。

嗨，那雨花，那醉话，那傻瓜，一切都还好吗？喔，时光在，梦想在，我们在，这就是最好的回答。

那么好的你，那么好的你们

总是很不习惯说"谢谢"，尤其是对最亲近的你，身边最近的你们，总是怕一声"谢谢"，与你，与你们之间产生了距离。那么好的你，那么好的你们，总把我的倔强夸赞成坚强，总把我的任性当作执着来称赞，在我坚持的时候总有你，你们关注的目光一路陪伴，在我却步的时候，总有你，你们坚强的臂膀在一旁。

那么好的你，那么好的你们，对我好，让我在花开的季节里聆听花开的声音，为我好，让我在雨落的日子里依然可以倚栏听雨。那么好的你，那么好的你们，选择在最恰当的时候，用最最恰当的方式教会我成长，选择把你，把你们作为最好的榜样——如你，如你们希望地成长。选择把你，把你们作为最好的榜样——在我的成长里，你，你们总能看到属于自己的那一枚军功章！选择把你，把你们作为最好的榜样——期待为你，希望可以像你们无私无畏地对我一样。

醒着的 梦话

幸福，无处可逃

　　浅浅的时光，深深地相遇；冷冷的季节，暖暖地相惜。琐事，亦如春日里青葱的小草，虽然细细碎碎，却也一片生机，平凡的日子，因为有了琐事而显得蓬勃与充实。

　　梦想，恰似绿草间缤纷的山花，虽然羞羞答答，却也深情一片，有梦的日子，晴方好，雨亦奇，一切心事皆成花事。而你，就是那个在花草上顽皮奔跑的孩子，跟风打着招呼，跟雨捉着迷藏，轻盈地牵起琐事的手，却又笨拙地拥着梦想入怀……闭上眼睛，捂住耳朵，转过身来，假装看不见，听不到，想不起……可是满天的文字都是你的说客，幸福，无处可逃。

错过了和遇见了

许久，许久，都没有好好与自己对话了。虽然在很多场合，还是有很多的人说："你是我们中最年轻的一个。"因为在一群资历、阅历、才气超群的人中，我的资历与阅历显然稚嫩浅显许多，静下心来，历数往事，历数朋友，历数遗失的美好，却发现竟然有那么多错过了和遇见了……

曾经也对错过了的耿耿于怀，对遇见了的熟视无睹；曾经也对错过了的念念不忘，对遇见了的心安理得；无论生活，无论工作，经历总是最生动的老师，她只用了时间这个法宝，就让我不经意间懂得：错过了不再遗憾，遇见了就珍惜拥有，那才是真的随遇而安。只有如此心境才能悄然原谅，淡然处事，安然生活；只有如此的胸怀才能把所有的回忆都当作一首歌来传唱，把所有未来都当作最动听的乐章来期待；只有如此的生活，才能做到不奢望成为故事里的主角却依然可以拥有自己的精彩，让那些错过了和遇见了的没有惆怅，没有感伤，唯有把满怀的感激珍藏……

分手情书——写在晚餐之前

这是一封分手情书。不得不承认,这么久以来,我一直都是那么喜欢你,而你恰恰也是那么照顾和疼爱我——疼爱得毫无原则。一份毫无原则的疼惜,注定会是一种极难割舍的伤。

曾记得,在师范的时候,每次来到食堂,目光里写满的都是对你的仰望。我知道那定额的饭菜票和那仅有的6元3角的生活补贴,注定了不可以对你有太多的非分之想。偶尔,只是偶尔奢侈一回,也是浅尝辄止。越是这样,你的甜,你的香就越往我的心里钻,总是渴望痛痛快快地喜欢一场。

也许正是那些年的牵肠挂肚,我任性地把这份好感保留到了今天,而你也把这份亏欠刻进流年。不记得什么时候开始,我可以尽情地享受你给我的全部照顾和疼爱——变着花样,变着口感,如此浓烈,如此馨香。待我恍然发现,爱,已成伤。多少回,默望着镜子中的自己,暗暗地发誓,不再理你;多少次,无视你深情的目光,转身来到另外的那扇窗;多少次道别,又多少次相见,终究还是藕断丝连。很少有人会理解我对你的这份情感,那么渴盼,又是那么纠结,以至于在我一而再,再而三地大声嚷嚷想要离开你的时候,誓言,都已成了笑谈。闺蜜说,一如既往吧!家人说，别勉强！同事说，分不开就在一起，怎么啦？又是一串放纵的理由……

  但是，我依然还想试试，离开了你，是不是真的可以瘦下去。今天，是我离开你的第五天，说不想念，那是真正的谎言。期待分手后的再次相约，我可以给你视觉上的惊喜，你可以给我一如既往的疼惜。

  这是一封分手情书 —— 给包子的情书。

醒着的 梦话

总有挂牵，长过流年

5月20日，这个特别的日子，走在路上，两旁都是铺天盖地的商业广告，从时尚服饰到经典钻戒；路上的黄包车擦肩而过的时候，也会时不时地飘来花香，有玫瑰香也有百合香；朋友圈里都是与众不同的浪漫。

这样特别的日子，似乎应该想念一些特别的人，比如张爱玲。张爱玲的文字里，曾这样坦言她的爱："见了他，她变得很低很低，低到尘埃里。但她心里是欢喜的，从尘埃里开出花来。"

也许，只有当你也曾那样卑微地喜欢过一个人，曾经那样毫无保留不计结果地爱过，才会让温柔淹没了视线，慈悲流淌在笔端。不再计较谁是谁的风景，谁又是谁的仰望，唯有爱着——在时光里。

此刻，窗外依旧是灯红酒绿，车水马龙，内心依旧安然平和，岁月静好。翻开那些时光里的故事，看那时光深处或是孤独的，或是并肩的，或是相拥的，或是伤感的，或是柔情的，或是幸福的背影。我知道，有些相遇，不过朝夕。有些挂牵，却长过流年。只要在时光里遇过，梦过，醉过，终究都是美的。

小时光

　　转眼又是一年冬，举目又见红豆红。远处是山也寂寥，水也寂寥；田间是红也羞涩，绿也羞涩。一切都是看不懂，猜不透的模样。是在等待着那场必定到来的冬雪吗？一定是的，那该是一个多好的借口，可以融化，可以重温，那一串雪藏了的思念。那该是一场怎样的相逢？纵有满池心事依然俯首一季花海。温润的阳光，懒散的时光，飞雪的浪漫，满心的闲暇，午夜的梦香，任性的泪眼，重复的唠叨，刻骨的牵挂，耳畔虽然无言，心底终是执念。

　　与其伤感时光婆娑的舞步，不如笑看来路上的风景，与其抱怨岁月迟到的拥有，不如恬淡享受等待的美丽。就像每次到星巴克，我都会习惯地享受排队等候的那点小时光，摩卡的古老沧桑，拿铁的柔和经典，蓝山的极致高雅，还有卡布奇诺的特浓矫情……都在我的身边一一路过，虽然焦糖玛奇朵的口感一直让我钟爱至今，但在云集的咖啡香里期待着美好的到来，未尝不是一种难言的暖。

　　人的一生，有多少的迫不及待，终被时光磨成了慢慢等待；又有多少的死去活来，终被岁月改写成了从头再来；还有多少的英雄气概，终究敌不过青春不再。而我们，依然可以手握未来，温柔以待，初心不改，醉矣。

一地遐思

就像你说的,我总会在一些寻常的时光里做着一些极其寻常的事,寻常得耐人寻味,甚至是匪夷所思。就像是在这样一个极其普通的午后,我只是想看看时光在我手心里措手不及的模样,和她摇曳的一地遐思……

穿一身休闲的衣裳,放下束紧的发夹,敞开所有的窗户,允许自己摆出一副慵懒的样子,沏上一杯淡淡的茶,但是,歌,是不可以将就的,从旋律到歌词,都必须刚刚好的应和此刻的思绪。深情的音乐与纯纯的茶香,就像两个朝夕相处的友人,只需一个眼神已然可以洞穿所有;浮想的美好与陋室的闲情,就像一对久别重逢的恋人,无须言语,就已经是满地对白。那百转千回的音乐,总是轻易地简单地朴素地不由分说地就走进了你的心底。假装拿起书,却拽不回倔强的视线,只好抿一口清茶,怕自己的思绪跑题。

有多好的心境,才有多好的季节。有多好的陪伴,才有多好的旅程。那些风中感伤过的、那些雨里疯狂过的,那些阳光下陶醉过的、那些冰封时温暖过的……那些爱过的,恨过的,想过的,忘过的,哭过的,笑过的,美过的,累过的……眨眼都已经在时光的陶罐里慢慢浸润、熠熠生辉……尘缘如梦,滴墨成伤;款款风月,种种情长;一个午后,一曲心音,一纸闲言,一阕清欢,也是任性,也是随意。

醒着的梦话

时光太窄，牵挂太宽

风，拽着秋的衣角，荡着时光的秋千。月，透过我的视线，欣赏着夜的霓裳。

我想用极致的忙碌，赢上一段可以任性浪费的时光。用她来陪伴一本书，一本你渴望读懂，却又耐人寻味的书，她应该有浅浅的故事，碎碎的文字，还有一个像我一样没心没肺的傻姑娘；用她来听一首歌，一首用别人的词演绎自己的心语的歌，偶尔的偶尔，你也可以随心所欲地跟着和；用她来回味一段往事，品一壶香茗，涂一幅画作，又或者重温街角的那一场等待……

那种一边浪费，一边享受的感觉，就像是刚刚痛饮佳酿，却又好茶在畔，刚刚好，刚刚醉。饮下的是拥有，剩下的却是念想。嫌牵挂太宽，只需一缕便已挤满心窗；嫌时光太窄，写上一句问候都那么绵长……嫌月光太亮，定格了每一个专注的眼神和陶醉的模样；嫌风儿太懒，一个角度一个姿势就把全部的温柔满城席卷……

秋的衣角，在风的手上；风的百转，在我笔尖；我的秋千，许你来荡。

枯黄的色彩，岁月的赞歌

异国他乡，草草相逢，吴哥微笑，古墓丽影，行走在细沙如锦的古道上。一边遥想千年之前帝都的繁华登场与传奇谢幕，一边领略千年之后原始森林的原汁原味的沧桑与壮观，这种感觉谈不上一饱眼福，而应是震撼在心。

每一块石头都刻画着远久时光的记忆，每一堵石壁都讲述着古老皇室的不屈；每一段风干的树桩都是一处历史的见证，每一地枯黄的色彩都是一曲岁月的赞歌。

于你而言，匆匆而来，草草握别的我和我们是何其肤浅？！石窟留在哪里，那里的空气中弥漫的都是文化，树根盘踞在何处，那里的泥缝中都写满了历史。幸在此间有此番偶遇，浅识亦可深究，迟到依然有暖。

醒着的 梦话

时光的眉眼

秋很浓，云很淡，风很轻。不知道是由于习惯性晕车，还是因为牙科医生为我用了太多的麻药，迷糊了一个下午，也是折腾了一个下午。余晖下，终于可以躲在文字里小憩，心头却是百感交集的暖。

想来也是极不应该，几乎每位为我开车的朋友都会照顾得小心翼翼，诊所的医生也是熟识得很，一边动手一边还讲笑话来缓解我紧张的情绪，也许一切都被娇气打倒了。回过神，已是在文字里。文字，真是奇怪的东西。有时，就像久别重逢的朋友，写满了思念与渴盼；有时，就像朝夕相处的亲人，读到的都是感动与温暖；有时，就像是一剂良方，字里行间都可以疗伤……

因为文字，所以养成了一个不好不坏的习惯。远远地听到一段怦然心动的旋律，就会情不自禁地深究是怎样的歌词才可以与之相应相和；不经意地读到一段走心的文字，也会刨根问底，总想多了解一些作者挥笔时的感慨万千。在这个文字唾手可得，好文字难得的时代，我已不再奢求在每一段文字里都可以读到诗和远方，只要还深藏着时光的眉眼和岁月的眸就好。

想来也奇怪，那浅黄色的纸张上，楷体、宋体、黑体……

码成的文字，竟然可以这样奇妙。疲惫时，可以躲在文字里小憩；夜幕里，可以枕着文字入眠；睡梦中，可以念着文字浅笑；如此雅致，诉尽清欢，舞了文字，醉了时光。

醒着的 梦话

纯粹的夜色

好友毅然决定华丽转身，很多时候，人总会不经意间就置身于这样的纠结、两难。我知道，此刻，我说的话有多重要，所以不敢轻易地去表达，但也正是这样，我又必须知无不言、言无不尽地说出我的思考。

每年的这个时候，橄榄枝的诱惑与困惑，总会如期而至，那些一如既往的信任，那些永不放弃的邀约，还有那些惺惺相惜的情意，总是会让我满目涟漪。还记得前几天刚刚在一个活动中鼓励骨干教师们在教学上要敢于"试对"，而不是处处"预错"，可是，真实的生活中，自己又何尝做到敢于"试对"了呢？没有选择的选择，未尝不是一种选择。就像叶子选择与树相依，风儿选择和雨同行，不奢望永远不离不弃，但求此时此刻的温暖与铭记。

熟悉的键盘，熟悉的角度，还有电脑桌面上那满满的文档与 ppt，一半是讲稿，一半是课件；一半是待修改的，一半是已成文的，到处是思考的痕迹。在这样的一段纯粹的时光里，做着这样一件纯粹的事，读一些纯粹的书，还可以纯粹地品茶、回味、思念，或者索性把自己也泡在这纯粹的夜色里，来一场酣畅淋漓的醉！

老去的光阴

窗外没有芭蕉叶，桌上也没有流年的旧书。一段多情的时光，陪伴着一个闲情的人。沏一壶龙井可好？煮一杯咖啡如何？左手和右手反复商量还是没有结果。那就来点更纯粹的——开水吧。

置身于这个初秋的琵琶声里，却念想着从春天开始的每一次相遇，在瑟瑟的韵脚里，写满的却是暖暖的故事。回忆，深深浅浅；目光，走走停停。秋风总是以扫落叶的决然暗示着光阴的老去，秋月总是拖着长长的影子映衬着岁月的柔情。我想慢慢欣赏，又想比肩追随，人哪，总是这样被自己纠结，也许真的如你所说，我就是那一个任性的孩子，一手牵着风筝，一手举着零食，想吃的时候，担心风筝飞走了；想玩的时候，担心零食给丢了；所以，索性就这样纠结地两两相牵。

醒着的 梦话

围 观

　　每一次来旅行，就像是围观了一场多元文化的对话。印象中的水上人家，总会不约而同地带给我们两岸风貌，水上风光，民族风情，美食风味。于是，生性好玩的萌哥，柔情婉约的友人，还有随性浪漫的我，对今天的水上人家探访有了不一样的怀想，却有着同一种美好的期待。

　　直到靠近，直到走进，我才蓦然发现，这一切只是我们的一厢情愿！导游并不流利的柬式中文让我们认识了生活所迫而倔强"活着"的水上人家。每一个铁皮和木板以及破轮胎拼凑而成的似船非船、似棚非棚的木架子就是一户地地道道的水上人家。那蓝色的稍显结实的是水上学校，那装着油盐酱醋的破损极了的小木船就是水上超市，那浑黄脏乱的湖水就是他们赖以生存的水源，那杂翠的浮萍就是大自然给予的唯一的绿色。正是遇上雨季，没有乌云的渲染，烈日几秒之后便被倾盆大雨所侵袭，我们站在飘摇的木架子上，甚至找不到可以坐的地方，不仅仅因为他们没有一丁点儿多余的地方摆凳子，更因为顶上的木棚已到处漏雨无法淡定落脚。

　　生活无处可逃，可怜的他们依然扬起倔强的微笑。当孩子在那如若泥浆的湖水间嬉戏时的那简单、满足的笑脸，

闲暇处更近生活

同行的友人都在想着法地想帮帮这里的人，给小费的，送美食的，萌哥也把整包的零食都给了他们，估计是他们从未见过的，那样激动和喜悦的神情，让每一个在场的人心酸不已。

　　本以为此行只是旅程之一，却让我的认识从未雷同。想起这以往的以往，每一次旅行总会选择想拥有的风景满心欢喜去深恋一场，于是就有了这样或者那样的感叹，要是年轻十岁，我一定在这里义无反顾，要是年华渐老，我就努力争取在此处择隅而居，唯有在此，我没有眷恋当初，更没有怀想未来，因为没有假如，今天的他们根本就不曾有过哪怕是一丁点的鲜活的回忆，他们看不见未来，更看不见那个叫作世界的地方。

　　也许，生活本来就是那般奇怪，奇怪得让我们在没有文化的地方慢慢读懂深厚的文化，让我们在不够幸福的地方深深感受到幸福。

醒着的梦话

光阴的简笔画

雨，任性地下到我的梦里。床前没有明月光，举头只有夜未央。总需要有些理由，来暖一个人，来陪这一晚。

也许，这世上所有的经历都是用来珍惜的；也许，这夜里所有的传说都是用来铭记的。喜欢寒梅映雪的季节，喜欢波澜不惊的岁月；喜欢一个人的时候有书相伴，两个人的时候只有那一处寂寥的雨巷和那唯一的伞；喜欢漫漫的时光里慢慢地遇见，慢慢地老去，喜欢在傻傻的故事里傻傻地回忆，傻傻地言语。沏很浓很浓的茶，只是想尝尝烟火的味道，跑老远老远的路，只是想看看一个人的安好。那些庭前煮酒看落花，雨后采菊东篱下，终究都装帧成了光阴的简笔画。

生命中，总有一些人，一些事，轻轻地念起，便是情不自禁的介意；选择另一种姿态低入人海，也选择把另一种温暖读懂在怀。或许往事山高水长，也许来日风轻云淡，我都欢喜。

伤痕也是一种骄傲

如果生命是一幅图腾,那么伤痕也是一种骄傲;如果幸福是一种懂得,那么缺憾也是一种美好。

轻轻落墨,在这样一个游走在曾经忙碌和即将忙碌之间的夜晚,把无辜的眼神、率真的言语、温暖的思绪,统统安放在同一段文字里。风来了,随风;雨来了,赏雨。

无风无雨的日子里,那就陪陪那个任性的自己。不会饮酒,就沏壶茶吧;不会跳舞,就听个歌吧。无声无色的

醒着的梦话

时光里，就找一段往事来回忆。每一回读到真挚动容的文字啊，你才会蓦然发现图片的浅薄，所有的珍藏的美好，都是一场过去式的现场直播。那无比纠结却又全心期待的，那虽然介意却又不得不释怀的，那情不自禁却又只能不动声色的，一半留给回忆，一半用心继续。

等待晚安，期待睡意。

趁一切都还来得及

许多感觉不是从来就有，很多体会也总在经历之后。路的泥泞，心的温暖，痛的领悟，爱的拥有。

夜，总是会被风迷了眼。岁月如沙，不经意间铺满来路。从城市的这头奔向那头，是一个人的兵荒马乱；从世界的这头望向那头，是一辈子的海角天涯。那些风吹过的故事，整宿整宿的无眠，错落在窗前。我闭上眼睛都可以准确无误地记起每一个细节。

看着那个傻傻的故事里傻傻的身影万众瞩目，完美演绎；也看着那个傻傻的故事里傻傻的身影身不由己，醉后言语。

时光太窄，指缝太宽，每时每刻我们都在老去的路上；黑夜太黑，星星太闪，再深藏的介意也总是一览无余。过去的已经过去，未来的尚未到来，趁一切都还来得及。来得及感慨，来得及珍惜，来得及温暖相陪，也来得及释怀所有的不尽如人意，不留遗憾，不待来生，活在当下，福在当下。

醒着的 梦话

温暖就在转角

　　雨一直下。就像是一个顽皮的孩童，见不到自己心爱的玩具，就闹个不停。只有黑夜陪着她，她以为，女孩们为她沉迷是因为她晶莹的外表包裹着的是一颗浪漫的心，孩子们为她欢呼是因为错把水花误会成了浪花；她以为，所有被她淋湿了的人儿都是因为忘了带伞，却不曾想也许还有人是想让雨花掩饰着泪花；她以为，所有在屋檐下躲雨的人儿都很无奈，却不曾想也许还有人最想等的那把伞已在来的路上。

　　她以为，她以为，全世界都晚安了，所有人都入梦了；她以为，那松开了的手，那远了的目光，是不是是不是就不够重要；直到雨止风也停，世界破涕为笑，原来，介意一直在手心，温暖就在转角⋯⋯

一首婉约的叙事诗

街,一直忙碌。夜,依旧阑珊。茶香浅,墨香浓,书香暖,花香柔。想知道,祝福是否会穿越光阴的窗?想知道,问候是否能叩响时光的弦?节日总是一个最好的借口,想 N 次地问同一个问题,想 N 次地听同一个答案,想 N 次情不自禁地笑,也想 N 次任性得理所当然。与花笑,与墨欢,轻轻地轻轻地用指尖滑过风的翅膀,任祝福随着引力波的方向蔓延,打转,直到感应另一个同样的磁场,一边遥想,一边浅唱……

哎哟,转角的咖啡又开始招摇着她的醇香,一屋一壶摩卡,听风听雨听落花,如水的情怀,唯美的心思,在时光的打磨里,诺言,早已坚韧成了桌角的那块温润的鹅卵石;哈哈,路口的花店又费心地装扮着她的地盘,优雅,热烈,简约,张扬,在光阴的眸子里,执念,把日子过成一首婉约的叙事诗。

就这样,就这样,走着念着,街就温柔了;想着梦着,夜就明媚了。任风,轻柔抚摸着每一张真挚的脸;任花,轻易地偷走每一颗异动的心。

于是,童话拥有了新的模版——在很久很久以前,岁月恬淡;在很久很久以后,流年甚好;在很久很久以前和很久很久以后的中间,我心浅笑。

醒着的梦话

风雨无阻

　　一处走心的风景,她可以与朝阳并肩,也可以和月色对眠;她可以在风中独秀,也可以在雨里缠绵。无风无月的日子里,她依然是她自己,美得无法挑剔。
　　一段走心的文字,你可以读到唐琬,也可以读到杨绛;你可以读到张爱玲,也可以读到林徽因。但她又分明谁都不是,只是她自己,惊艳时光,纯粹到底。
　　"细雨湿衣看不见,闲花落地听无声。"在走心的风景里轻抚一段走心的文字，身旁都是若有所思的模样，窗外是细雨在悄悄偷看。时光清浅，书香温婉，追逐着文字的脚步，和心捉迷藏。把书拿起，把书翻阅，遇见一本好书，读着读着，就不由自主地想把书抱在胸前，不是纠结于买与不买，只是贪心地想把世间好书占为己有，却又担心自己才疏浅薄了她……

世上原来还有一道鲜为人知的风景——欲迎还拒的结，欲说还休的念，欲饮还止的醉……只为懂她的那个人风雨无阻，全年无休……

醒着的 梦话

把暖，留给时光

光阴清浅漫长，岁月丰实盈满。又是季节的尾声，冬在向晚，风有薄凉，花露羞意，鸟也呢喃。窗外，乍暖还寒，我却依然满心期待着来一场如约的倾城雪色，与你共暖。桌上，笔墨盈香，我想试着用酒盏调一季喜悦，用普洱煮一屋清香，又或者掬一捧风的相思，拾一瓣花的惆怅，独自饮下这份清欢。

丰子恺说，既然无处可逃，不如喜悦；既然没有净土，不如净心；既然没有如愿，不如释然！于是，将就，也会慢慢习惯；于是，渴望，也会偷偷雪藏。但是，终究都逃不过每一个无眠的夜晚。那些由来已久却又无法企及的奢望啊，一段一段又一段，我该怎么深深致歉，又该怎样久久抱憾。

所幸，夜已醒，天已亮，还有一纸情怀共阑珊。把念，写在冬日；把梦，交给春天；把心，寄给风儿；把暖，留给时光。

醒着的 梦话

往事的红漆

被旧时光剥落的是往事的红漆，让小日子温暖的是流年的回忆。烟波横，眉峰聚，阡陌稀，素笺密，寒来暑往又除夕。站在冬的地盘，却已触手可及春的气息。

这样的夜晚，每次到来，都是365日的唯一。明明还欠冬天一个深深的拥抱，却已经为春日备足了俏皮的笑脸；明明挥之不去的是那一句朴素之至的晚安，却依然如有雷同地为每一季的"春晚"来鼓掌。我想给一群人由衷的祝福，也想为一个人安静地写诗；我想给刚刚作别的时光加一页生动的后记，也想为崭新的一年挥笔真诚的序曲；我想等在这里和你相遇，也想朝着你的方向坚持努力。

我想少了，少得只剩下唯一；我想多了，多得无法言语。只好偷偷允了自己，一年啊只许任性一次——从大年初一到除夕；一年啊只许奢望一次——从柳絮纷飞到守岁；如此而已，不许赖皮！

以青春的方式深醉

深冬渐行渐远，寒假越来越近。晚风，微凉，以友情的名义小聚，以青春的方式深醉。这样的夜晚，适应慢下来的时光，薄薄的，柔柔的，浅浅的，淡淡的，有细微的烟火味，亦有浓郁的中国风。很向往一种状态，叫作——安详；很喜欢一种感觉，叫作——舒坦；很享受一种问候，叫作——晚安。

这样的夜晚，在时光的深处，凝眸远眺，那一抹不起眼的绿意，可是萧索的大地孕育了整整一个寒冬的春的生机？透过几丛红枫，隐约可见的可是记忆里挥之不去的春的眉眼？那被岁月剥落的红漆，那被梅花映红的残雪，可是漫过心头的春的絮语？

闲情难得，想象着在这金豚阁的一隅，温一盏茶，静静地凝望遥远的风景，满屋是暗自浮生的情绪，吟喜欢的诗，读爱读的书，念想念的人，仅此而已，已十分美好。

"从明天起，做一个幸福的人，喂马，劈柴，周游世界。从明天起，关心粮食和蔬菜，我有一所房子，面朝大海，春暖花开。"在夜色中前行，在夜色中舞风，在夜色中读海子的诗，总是内心安逸，纵然做不到周游世界，做不到面朝大海，心有暖阳，随处花开。

醒着的 梦话

　　金胜山畔叙旧，金豚阁顶迎新，一路同行都是等风的人。疏影，斜塔。酒醒，夜深。不是不想道晚安，只怪夜太长……

别来无恙

春来柳绿，岁末暖阳。站在时光的门槛，看那一袭高贵的金黄爬上了冬的眉眼，看那几许稚嫩的葱绿错落在路的转角，看那锦湖的鱼儿边醉边游，看那九龙的风儿或密或疏……文字的衣袖里是季节的妩媚，由来已久；城市的霓裳下是时光的温润，向来欢喜……

哈哈，生活给我上了盘宫保鸡丁，确实地道；我给自己点了份拔丝水果，垂爱已久。不知道是生活尊重了我的任性，还是我将就了生活的原来。也许生活从来都不是自助餐，想来就来，想点就点，想吃就吃的自在，谁不向往？最后，还需要那足够的热爱、善良、勇敢来买单；也许生活就是一个摩天轮，看起来很高，转起来很慢，玩起来很过瘾，每一个最佳的视角都有最佳的风景陪你慢慢经历慢慢成长，恰到好处的随遇而安，牵肠挂肚的别来无恙！

醒着的梦话

如 果

  如果快乐，就像春天烟雨里的漫山笋芽，抑或是那冬季墙角上的一树梅花，如果忧伤，就像夏夜里不小心沾上的尘土，抑或是在秋风中擦肩而过的落叶，可好？

  那些泛黄的往事不知道什么时候就开始布满了流年的灰尘，杂乱无章，却又挥之不去。想要尘封，但她却分明倔强得很，每一寸，每一段，都深深地烙在时光的深处；想要翻阅，但她却分明叛逆得很，每一言，每一语，都要鼓足勇气方能在回眸里相遇。那些旧的对白，旧的画面，旧的问候，旧的思绪，一拥而上，来不及整理，来不及寻思，就这样端坐在新的时光里。

  好想，温那么一小壶酒，喝那么一小口，就着那么一小碟花生米。等微醺的时候，假装很懂事的样子，倚着小轩窗，捧着心爱的书，其实什么也看不见；假装很潇洒的样子，甩一甩长发，耸一耸肩，其实什么也没放下；假装很勇敢的样子，在那座无法逾越的城墙上抚平所有的斑驳，然后轻描淡写，仿佛从未曾来过。再然后，看着那些曾经的美好，连同最深的遗憾都一起深深浅浅地，定格成了天空中色彩斑斓的弧线，然后的然后，许自己，霸道地住在往事里，宿醉不归，相看两不厌。

繁花如赋,墨曲成歌

印象中没有特别喜欢的花,但是终究是喜欢花的。夕颜花的芳泽,海棠花的不争,牡丹花的雍容,栀子花的超然,都能够在某年某月的某一个时刻里,深深地把我打动。想来花也是多情的,红的胜火,白的赛雪,黄的似金,粉的如霞,热情、温柔、婉约、羞涩,那些计划已久的美好只为了等那个懂的人凝眸相望;想来花也是寂寞的,或置身于城市的喧嚣,或错落在田间,或万众瞩目,或孤芳自赏,从绚烂到飘逝,才是繁花如有雷同的选择。

"抱琴未须鼓,天地自知音。"风轻盈,柳飘絮,云痴迷,雨清灵,花逐梦,情相依,就这样把春风、春雨、春花都一一浸润在浅浅的思念里,任她滑过我的脸颊,落在我的掌心,然后,一个人的夜晚,等待一场由来已久的酣畅淋漓。

人间三月,万物峥嵘,繁花如赋,墨曲成歌,摇一摇那整壶的思绪,在风中听花开花落,不沉迷,不错过……

醒着的 *梦话*

为你续盏

习惯了在春光里,遇见那个绽放的自己;习惯了在春风里,细读那树粉红的回忆;也习惯了在春雨里,重温那段心心念念又永不褪色的旋律;却不曾想,天色霸道如你,刚刚道别,转眼又把冬天幽禁在这个春天里。少了阳光的午后,多了几分寒意,路边的玉兰,墙角的桃花,田间的油菜,就那样不管不顾盛开在春的眉眼,也盛开在孩子们的字里行间。时光辗转,往事收藏,天色冷冷暖暖,唯有,念依然,心向暖,慢慢习惯——心底的繁华,学会独享;心尖的柔软,为你续盏。

也许,所有的别过,都是为了另一场不一样的重逢。就像春天里路过短短的冬,却依然陪着花的香,拥着花的暖,写着花的诗,恋着花的窗。

斑斓而温婉的岁月里,期盼着姹紫嫣红东风拂柳,所以选择,在乍暖还寒的途中,迎着太阳的方向种满全部的葱茏,等君来阅……

走走停停

　　堵车的队伍越来越壮观，索性陪陪风儿也陪陪阳光。白落梅说："一直都认为，最美的女子应当有一种遗世的安静和优雅。无论什么时候，无论什么心情，她都能让你平静，让你安心。"喧嚣的窗，拥挤的道，奔波的人，却独独没有触手可及的书香，我却依然可以一览这份难得的美好——天，蓝；云，祥。

　　粗心的人啊，你可曾看见，大自然，经历尘埃落定的深冬季节，又重新孕育了一个阳光明媚的春天。忙碌的人啊，时光轮回，寒暖交替，你可曾把那些踏雪寻梅的回忆，在岁月的墙角里为幸福早起深耕？

　　车还是走走停停，也许生活亦如行车吧，每个人前行的方向虽然各不相同，但是总会有那么一段"狭路相逢"，慢下来，是因为不争；静下来，是因为不乱。所有玲珑的心思在坦荡的阳光里显得是那般卑微与青涩，所以，我愿意等，在无人顾及的时候，陪陪阳光；所以，我喜欢等，在熙熙攘攘的时候，等等自己。

遥 望

　　昨夜的一场雨，那么执拗，那么莽撞，也那么防不胜防，虽然尚未立夏，但那一场突如其来的铺天盖地，肆意滂沱，却分明在空气里写满了夏天的豪迈与激情。

　　我是在暮春的灼热里，欢欣雀跃享受着初夏之凉，窗外，是翻飞的柳絮，纵情的雨；心头是剪剪的清风，淡淡的歌。屋檐下的那些男男女女，是在等伞吗？还是在等归人？每每这个时候，视线就会渐渐模糊，执念就会渐渐升起，眼睁睁地看着雨径直飘至窗台，也飘至心的每一个角角落落，满纸的胡言，满屋的墨香……

　　也许，那么招摇，那么霸道，那么情不自禁的，根本就不是雨，而是……难以言说，却分明一直都在的思绪。就像是野草，就像是热浪，无能为力，却又无法抗拒……在雨里，一边张望，一边掩饰，也一边在近在咫尺里遥望着距离……也许，一个人，不猜，不问，不是因为不够介意，而是因为 —— 懂你。

只想为一个人余音绕梁

当招聘季恋上了招生季，手机也一如既往地爱上了充电器。初来乍到的夏天里，陌上花事渐浅，树上绿意正浓，即使是在遥远的那里，忙碌依然，深念依然。

行走在文字里，眼睛在阅读，心灵在知足。有些词，有些句，有些篇章，有些故事，走着走着，就飘落在了心的深处。翻过来，翻过去，都是不可多得的惬意。当夏日的葱茏慢慢取代了春天的繁花，走神，是常有的事。记事本里，总也装不下太多太多不许忘记的事，慢慢喜欢挑选带口袋的衣裳，不计较是不是漂亮。因为，担心丢掉的小东西，总得顺手就能有个小地方轻轻安放。是啊，我知道，芳菲落尽，只是为了孕育更繁盛的时节，还是依然会偶尔患得患失。总是会这样，小小的贪心，骚扰着浅浅的时光。迷恋春的繁花似锦，渴盼夏的远山苍翠，期待秋日的"落霞与孤鹜齐飞，秋水共长天一色"，又惦念着冬季的"忽如一夜春风来，千树万树梨花开"。

不知道是季节太孤单，总是喜欢一个人前来客串，还是这个世界太丰满，可以一面心照不宣，一面包罗万象。那些夜深人静婉约倾城的月光，那些字里行间平仄起伏的念想，时而静谧纯美，时而荡气回肠……还是傻傻地分不清，

醒着的梦话

哪里才是彼岸；还是笨笨地不去想，是不是还有别的船？也许，一个人，于红尘阡陌里风轻云淡，不是因为来路艰辛，前行渺茫，仅仅是为了——来日方长的光阴里，只想为一个人余音绕梁！但愿，深懂，亦深暖。

浅浅而行，浅浅落墨

生命，是一场盛大的露天音乐会，相逢，是一首耳熟能详的歌。曾经的天真岁月，曾经的青春年华，都已陆陆续续地在时光的兜兜转转里一一定格成了——过客。我们一直在不停地走着走着，也不停地笑着、哭着、累着、梦着。就这样，在额头上，在秀发上，也在手心里或深或浅地刻下了过去的痕迹。

每一个灯火阑珊的夜晚，似乎更显孤独，就像每一次置身于喧哗之中，反而更是觉得寂寞。突然之间，就会有一个古怪的念头，想在脑海里按下那个暂停键；让世界静一静，也让自己静一静。不是纠结在心，也不是徘徊不前，只是想静静地奢侈一回，红尘凡心，独享这份岁月的安好。

然后自顾自地浅浅而行，浅浅落墨，在文字里芳菲，在文字里安暖，也在文字里开怀。

如果有一天，我们都没有了手中的笔，是不是就没有了那么多的胡言乱语？如果有一天，我们用尽了砚里的墨，是不是就没有了那么多的断章残篇？如果有一天，我们可以毫无保留，可以倾其所有地在这时光的画轴里星星点点，是不是就没有了那么多的旷世感言？只是没有如果，只好让时光做一个小小的窝，装满春色，也装满寂寞。

醒着的梦话

"天涯"好远,"早安"好暖

  阳光微醺,好风徐来,好想在这个季节里,与时光来一场风雨无阻的邂逅和酣畅淋漓的放逐。于是,我小心翼翼地呵护这一肩秀发和那一颗不染的心,然后可以,在蓝天下尽情享受被风轻轻掠过刘海的惬意,在夜色里依然拥有那盏知我懂我,暖我疼我的心灯。

  日子,就这样在白天与黑夜如有雷同的道别里,有声有色地滋长着。风起的时候,走走停停,停停走走,沿路的桃红早已开至荼蘼,湖边的杨柳也已渐渐浓密,即使是穿上高跟鞋,也已听不见和着花香的泥土的回声。迎面,是暮春的气息;耳畔,是落英的絮语。

  张小娴说:"叶散的时候,你明白欢聚。花谢的时候,你明白青春。"是啊,春来春往花开花谢之间,那傻傻的彼此,傻傻的诺言,早已刻在那段傻傻的时光里。

  春风十里,不如你,那些悄然散落的花事里,总是藏着隐隐约约的惆怅和那心心念念的怀想……忽然觉得,"天涯"这个词好远,"早安"这个词好暖……

某个小幸运

某一天，某个文件夹，我把它起名为——某个小幸运，因为某个小借口。

那里有个春天像仙子，东风唯美，繁花如织，杨柳婀娜，锦湖清澈，在那桃花盛开的地方，写满了粉红的回忆和婉约的诗歌……

那里有个夏天像顽童，山中访友，林间晚唱，廊桥书香，荷塘月色，在那天青色等烟雨的日子里，煮一壶风和日丽，任情思在炊烟里袅袅升起……

那里有个秋天像诗人，水光潋滟，山色空蒙，果在飘香，月上眉梢，那擦肩而过的雨，那久别重逢的风，都是季节一往情深地馈赠予伏笔……

那里有个冬天像画家，腊梅朵朵，馨香阵阵，古树苍苍，雨巷深深，那倾城的雪色，料峭的寒风，都是春天即将到来的见证。

某个小幸运里，有你的手心，你的回眸，你的背影；也有我的浅笑，我的不语，我的任性。于是，文字里不只有了一如既往的书香，还有岁月的陈酿，时光的清茶，还有笔墨纸砚，琴棋书画，高山流水，鸟语花香……

等一帘烟雨，赋一纸清欢，在风烟俱静的日子，在途经盛放的路上，任那光阴里的故事一边疯长，一边珍藏。

醒着的 梦话

最初的风景

有些歌，莫名其妙就喜欢了；有些雨，莫名其妙就想念了；有些话，莫名其妙就爱上了……天涯辗转，时光荏苒，才发现那所有的莫名其妙其实都是一场计划已久的传说……

又是季节的尾声，细雨绵绵，凉风习习。窗台上，是落花的声音，书桌上，是落墨的声音，无论是静坐还是倚窗，无论是低眉还是抬眼，那触手可及的都是时光在慢慢流淌的痕迹和往事已渐渐泛黄的背影。书，是极好的伴，在文字里地老天荒，也在文字里颠沛流离；在文字里挥手致意，也在文字里相偎相依。

时间都去哪儿了？还有没有跑到山谷里一边豪言壮语，一边欢笑嬉戏的勇气；还有没有绕着飞机场，一边点燃篝火，一边燃烧青春的记忆；还有没有逍遥在婺江边，一边扔着石头，一边举目涟漪的美丽？往事啊，就像是一部黑白的电视剧，一边从容回首，一边也遥望距离。

夜深人静的时候，惆怅，也如夜色渐渐浑厚；老去，也是一场生命的必修。或许，我们输给了时光的，终究也将赢得岁月的，因为光阴会定格，也会铭记——这最初的风景和最初的心。

醒着的 *梦话*

生活的另一种从容和美好

有时候，倾其所有地去做某一件事，义无反顾地奔赴某一个城，心心念念地听着某一首歌，其实并没有特别深刻的原因，只是为了某一个生动的回眸，又或者是为了时光深处最柔软、最温情的某一个角落里的某一个背影。

好友说，在我的文字里，时常会有一些读不懂的故事，看不清的风景，猜不透的谜底。呵呵，我想说，文字，是用来表达的，但文字，也可以是用来陪伴的。甚至，可以与时光一样长情。所以，一直在做着和文字有关的梦，有些青涩，也有些甜蜜；有些烂漫，也有些执迷。喜欢淹没在文字里，无论是夜深人静时地细细翻阅，还是随心所欲地轻轻执笔，一程山水，满纸墨痕，在我看来，都是生活的另一种从容和美好。

顾城说过，草在结它的籽，风在摇它的叶，我们就这样站着什么都不说，就十分美好。门是矮矮的，有阳光照进来，我们就这样靠着什么都不说，就十分美好……

呵呵，所谓美好，顾城说的，我信了。你说的，我笑了！

醒着的梦话

回忆决堤

习惯了把省略号用在句末，其实，有时候刚刚提笔却早已不知从何说起；习惯了用小标宋来整理文档，其实，有时候心里是更喜欢行楷的知性与随意。越是忙碌的时候，越是顾不上挑剔；越是忙碌的时候，越是情不自禁地忘了自己。

就这样，不经意间又到了七月了，一个不用出门就可以让思绪发酵，让回忆决堤的季节。用文字在心底里造一片海，不深也不浅，刚刚够得上鱼儿的玩耍；筑一座城，不大也不小，刚刚住得了鱼儿的梦想；绣一朵云，不多也不少，刚刚装得下鱼儿的快乐与忧伤……

桌上的咖啡早已凉了，不是最爱的焦糖玛奇朵，喝与不喝，都是同样的寂寞。也许很少会有人体会到这种感觉，一种喧闹中才会渐渐清晰的孤独，一种忙碌中依然念念不忘的挂牵。笑着再见，泪着转身，梦着相逢，不是所有的背影渐行渐远的时候，依然是一路随行温柔视线，不是所有的台词蛮不讲理的时候，依然会是一如既往包容万千，已是时光的宠儿，为何还总是想要快乐再多一点点。说好不贪心的，就像是窗外满池的荷花，让我止步不前的也只是风中摇曳的这一株而已。终究还是贪心的，我羡慕着阳光，可以从任何一个角度,深情地凝望你;也羡慕飘雨,可以换任何一种姿势,深深地拥抱你;更羡慕露珠,可以在任何一段时光,久久地陪伴你……

　　鱼儿只能悄悄地把你种在最近的窗前,也把你种在字里行间……还是要乖一点点,不能让时光偷看了这般不懂事的模样……

醒着的 梦话

夏天真的到了

　　暮鼓晨钟，寒暑交替，真正感觉到夏天真的到了，却是在细雨蒙蒙的荷塘边。那些露着微笑的花骨朵，披着薄纱的小莲蓬，连同沾着水珠的荷叶裙摆，都一股脑儿地跃入眼帘，扑面而来的是处处弥漫着的夏的辞章。那些在阳光下晒了又晒的往事，却又在顷刻间潮湿了；那些在晴空里貌似安分守己的杂念，却又在迷糊的雨中瞬间决堤……

　　撑着伞，行走在荷塘边，倾听风语，数落光阴。那满池的荷花呀，阳春三月风光正好时，你，可是一个人寂寥一个人坚毅？秋高气爽瓜果飘香时，你，可是一个人悠然一个人寻趣？偏偏在这炎炎烈日中，一边饱受煎熬，一边傲然挺立。难得有这样一场善解人意的雨，陪着你娇羞可人，也陪着你自言自语。抖落着，抖落着，一路来的艰辛,绽放着，绽放着，这季节的美丽！欢颜留给岁月，磨砺交给自己。大自然真的是一本百科全书，困在心里的结，乱在心头的念，在许许多多高深莫测的真理面前依然执迷不悟，一意孤行的魔，却会在某年的某一个夏天，因了某一朵荷花的不屈，某一场雨的淋漓，豁然开朗。

　　是啊，不是所有花开，都会留香，可我们却从来没有听过花的抱怨；不是所有风过，都会留痕，可我们都从来没有想过风的遗憾。那些寻常的光阴，原就是生活的本来，所谓风生水起的日子，犹如这满池白裙红装，脚下扎根的永远是肥沃却不堪的泥塘！

想来，生活也是这般。有多少时候，有多少人，我们一边在欣赏，一边在羡慕，一边在仰望，却也一边在逃避，一边在忽略。就像是在这满池的荷花边，花繁赏花，雨落观雨，留在这镜头里的总是无尽的浪漫与美好，而那盛开前的怅然若失，茕茕孑立，那荷尽时的形影相吊，悄然落幕，终究都成了一个人独饮的酿。

转身须臾，岁月蹁跹，想的太多，未必没错，愿荷香飘过时，心不乱，风清凉，路虽远，梦依然！

醒着的 梦话

"游"不出你的手心

夏日里的雨，总是这般畅快淋漓。撑着伞，依然是顾此失彼。姑娘淋湿了秀发，孩子淋湿了衣裳，甚至连屋檐下的墙都在风的旋转中让雨爬上了肩膀。幽幽曲叶，皎皎风荷，盈盈云水，最惹眼的却是荷花荡里，那饱满如初的红装。美眸盼兮，梨涡娇兮，粉面嫣兮，绿叶倩兮，在雨水的洗礼中，更是一朵有一朵的姿态。

或许，每一种美，都应该涵咏，就像每一种花，都值得呵护。古往今来，文人墨客总是喜欢以花喻人。"何须浅碧深红色，自是花中第一流"的桂花，"君王殿后春第一，领袖众芳捧尧日"的牡丹，"唤作拒霜知未称，细思却是最宜霜"的芙蓉，"更无柳絮因风气，唯有葵花向日倾"的葵花，似乎每一种花就是某一种与众不同的女子。

我在想，眼前这满池的荷花，又该是怎样的女子？碧叶流莹珠，幽香暗袭人。立身淤泥，不染纤尘，笑迎酷暑，依旧清心，白莲高洁，红荷嫣然，默然不语，悄然含苞，坦然绽放，欣然孕果，时光荏苒，季节更替，那荷花荡里乐此不疲地挥就着的依然是一如既往的水墨丹青……

我，可以是她吗？不，只有一个季节的相聚太少太少，或者，就选择，成为你手心上的一尾鱼，一尾戴眼镜的鱼儿……我"游"不出你的手心，而你一路呵护我温暖前行……

看时光倾了谁的城

虽然是雨后放晴，但，夏日的风依然是不减热情。那天心血来潮挑了几顶心仪的帽子，终究只是装扮了转角的橱窗。就这样，不戴帽，不遮伞，沿着树影、花影、屋影，一直向前，也是另一种情趣。阳光也是调皮得很，总是趁着影子和影子的间隙，想偷偷地亲吻我的衣裳，我的脸庞，我的肩膀。一路躲躲藏藏，却也一路肆无忌惮。路上的行人，偶尔注意到这般蜿蜒的路线，这般滑稽的走向，也会莞尔，可我知道，这是我和太阳之间的一个关于雨的秘密。

哈哈，还真有人以为我在寻找什么。我在寻找什么呢？是那背影里偶得的清凉，是时光中难得的相遇，还是往事中泉涌的回忆？是在向阳光借一份盛夏的炙热想晒一晒流年里潮湿的思绪，是在向阳光寻一片朗朗的晴空想装下那时光中温暖的"快递"，还是想向阳光悄然诉说鱼儿在光阴里的匆匆伏笔？也许都是，也许都不是。

阳光下的一切，总会有一种势不可挡的力量，像热浪，又像风潮。而我却在这四季的轮回中慢慢学会转身，学会关窗，也学会了假装淡然。以前啊，提笔写一段文字，许久许久以后重新翻阅，还能清晰可见当时的情景，又或者在餐前或餐后留下的笔墨也总是棱角分明。如今，即使是

醒着的 梦话

时隔一周,还是可以续着前面的残章。不知道这是一种成长的代价,还是一种成长的意义,慢慢学会不深究,学会不介意,假装不在乎……熟悉的文字里,盛满的是和这个夏夜一样火热,一样深沉的情怀。

今夜,看时光倾了谁的城,又随了谁的心?

生活难免喧嚣

有人说，安静是一种沉淀的力量。一杯混浊的水，在安静的状态下，会慢慢趋于澄明。安静也是一种升腾的力量。静水流深。因为安静，心便有了在沉潜里升腾的能力。

生活难免喧嚣，但内心依然可以坚持留一份淡然给自己。提笔凝神的时候，于我而言，是最为安静的时候。仿佛风也屏住了呼吸，水也停止了流动，花也忘记了绽放，鸟也顾不上顽皮，明净的天空淡淡的蓝，团团的白云悠悠地走，远山青黛，时光轻浅。我和世界都是大自然最纯朴的风景。

心想着哪儿，笔走到哪儿，思绪就像我在春天里拖着的长长的裙摆，每走一步，就紧跟一步，每一转身，就围着绕圈，顽皮得很。唯有安静地停下来小坐片刻，才会发现她是那么善解人意，不吵不闹，也不离不弃。即使是无意中发现了我的小秘密，她也总是一边认真听着，一边假装忘记，只有在那提笔的时候，才像个淘气的孩子似的在字里行间"挤来挤去"；即使是在繁忙得无暇顾及她的时候，也总是默默陪伴，默默言语，直到一切尘埃落定，才会俏皮地学着我闭上眼睛，深呼吸，假装生气，却又默然欢喜……

七堇年说，生命中许多事情，沉重婉转至不可言说。

醒着的 梦话

于是，我越发学会了轻描淡写，不动声色。但我知道，每一份最深的懂得，都是那么不动声色，每一次轻描淡写的，却是心底最念的笑和歌。愿在安静的岁月里，拥有一颗波澜壮阔的心和一个无怨无悔的梦。

慢慢老

不知道是不是因为生活太过忙碌,日子太过匆匆,沿街的店铺一连开了好几家与众不同的甜点,茶吧,居然都忽略了。夜幕下,走走停停,那略带沧桑的音乐,一下子给了我一个转身的理由,欧式的装修,闲适的座椅,暖色的灯光,那种欲说还休的美,总是能吸引到一些倔强的人,如我一般的。也好,给自己一个不必瘦的理由。刚做好的冰激凌是香草柠檬加巧克力酱的,虽然比不上冰雪皇后的经典纯粹,但还是可以看得出它的用心,甚至连小小的包装也是极尽浪漫温馨。关于甜点,我就随遇而安了,细心的店主一边在聊天,一边根据我的喜好挑选着不同的口味,想来,应该是一个有心人,帮我挑的每一样都会配上一个特别可人的理由,让我感觉,每一种口味,都应该试试,找不到可以拒绝的理由,那就不妨随心不走。

就这样,在酸酸甜甜里,任时光在掌心里蹉跎。街对面,依然车水马龙,城市的喧嚣,与方寸的宁静,在此刻却显得两两和谐。夜空下划过的流年,惊扰了落英一片,抬头看看那些在不远处的风景,那抹姹紫,那丛翠绿,那片鹅黄,那树嫣红,连同风与花香的缠绵,一起点燃着夜的回忆。

醒着的梦话

想要忘却近在咫尺的忙碌,淡淡地感受时光里的那份安暖,哪怕只是小小的片刻,也是酣畅。想念冰激凌的味道,由来已久,忙碌也不过是个笨笨的借口,有些事,只有自己知道——给不了,戒不掉。只希望,时光可以慢慢老!

寻 味

点一首很老很老的歌，要一杯很浓很浓的咖啡，选一个靠窗的位子，听着风在轻轻地吹……轻轻地搅拌，任那满杯的思绪不停地沿着杯壁打转，忽然就想起了苏东坡的那一句"人间有味是清欢"……浮世一直都在，清欢却是难得。

不同于李白"人生得意须尽欢，莫使金樽空对月"的那种尽情欢乐，狂放不羁；也不同于纳兰性德"人生若只如初见，何事秋风悲画扇"的无奈感叹，婉约多情；或许应该会有莫言"你若懂我，该有多好"的为情而困也为情释然的豁达；或许应该也有王国维"人生只似风前絮，欢也零星，悲也零星，都作连江点点萍"的笑对人生的从容与淡然；或许应该还有三毛"云在青山月在天"的义无反顾与超脱自然。

每次总是这样，喝着喝着就跑题了……马德说：一个人的灵魂，只有在独处中，才能洞照见自身的澄澈与明亮，才能盛享到生命的葳蕤与蓬勃。静静地坐着，没有滴答的雨声来敲窗，似火的骄阳也倔强地被挡在了窗外，此刻，心静，是一帧花开。或许，每个人的心里都有这样一座桃花源，晴空如洗，远山青黛，云蒸霞蔚，月朗星稀。我与你，

醒着的 梦话

都是时光安静而又明媚的存在。你在一盏茶里寻味，也在一壶酒中小醉，我在一朵云里安家，也在一片雨里等待……也许真的是如此，"简单，是生命留给这个世界的美丽形式；而复杂，是生命永远无法打捞的苍凉梦境。"愿日子，就像是不远方的那茎荷，不蔓不枝亭亭绽放着，任寂寞喧哗流淌，也任思念蔓延蓬勃，简单却也幸福着的——也许，这也是清欢的另一种模样……

零存整取的欢喜

夜，太空旷，梦，亦惆怅。隔时隔空的杂念，一如既往地脱缰，琉璃中的夜色，文字中的灯火，若只有一个人可以偷偷发现，会是你吗？

不知道，从什么时候开始，慢慢地就养成了一些很好玩的习惯，比如，每天会零零落落地用文字打理心情，无论是纠结还是平静，无论是工作还是闲心；比如，每天步行超过一圈，就可以偷偷摸摸地吃上一个"随机"的冰激凌，每天超过两圈，就可以大大方方地挑选一个最喜欢的冰激凌，三圈以上，目前还没有机会尝试；比如，每天早上如果还记得夜里的梦，如果梦里的那个人恰好醒了，那么，和一个醒着的人开心地"计较"一下在梦里干过的"坏事儿"，也是极好玩的；还有就是，把家里的所有的不同品牌的秤，排成一队，然后，它们用"千克"给我打分，我用"表情包"给它们逐个点评……

时光啊，就这么轻而易举地在这些好玩的章节里被鱼儿轻轻地翻阅着。一季叶落，一树花开，一抹留白，一段执念，风的霓裳，雨的嫁衣，夜的泪痕，星的笑脸，就那么和着茶香或酒香，顷刻间相拥入怀。

醒着的 梦话

陪陪自己

这样的傍晚,岁月轻柔,时光静好,校园里的花花草草又平添了一种静谧的色调。倚在窗前,什么也不想,看白云白,蓝天蓝,也看那光阴静静地在指尖流淌,如此寂寥,又是如此温婉。

不远处,依然是车水马龙,而我依然可以逍遥地在心中修篱种菊。一杯茶,一本书,挥就一副对联,成全一个佳话,然后,腾出一段浅浅的光阴,陪一陪那个任性的自己。

也许,每个人的内心深处都渴望遇见另一个自己。她应该有一颗怦然的心,一树悠然的梦,一群坦然的朋友,一程淡然的时光和一个欣然的未来。她可以把日子过得不惆怅,不茫然,不厚重,不张扬,即使窗外纷纷扰扰,她依然可以只属于那个小小的桃花源,任时光荏苒,一颗心——清澈如初。

而那些藏在春天里的信笺,躲在夏夜里的呢喃,飘在秋风中的思念,都在倾城的雪色中定格成了那个圣洁又浪漫的童话。

在那时光的剪影里,放眼望去,那些年少的浮躁,青春的懵懂,经年的感伤,到后来都成了温暖整个曾经的力量。

漂泊的思绪

悄悄放任着漂泊的思绪,看那一块块刻满了故事的榆木做的牌子顺着时光的河顺流而下,又离你而去,近了,又远了,忘不了,又留不下……记忆总是太长,流年总是太快,怪鱼儿总是太顽皮。

总想把梦里的童话,一个一个种在现实的世界里,然后,在文字里沐浴阳光,也在文字里经历风雨,让时光陪着自己慢慢老去,即使是两鬓白霜、皱纹满面,那风景,也必须美得无可挑剔。

就像那一天,拂过眉眼的风细说着呢喃细语,流淌着藏在骨子里的期待,如摇曳的红枫,坚守在某一个你即将经过的路口,在这个季节,不离不弃。静静地坐在那儿,不看窗,不看表,用心聆听时间的指针一格一格拨过的声响,那种越来越近的感觉,就像小时候考了 100 分,排在队伍的最前面,等待老师亲自给的棒棒糖,幸福,又美好。虽然总是会周而复始地陷入 —— 舍不得吃,又舍不得炫耀的两难,但那种只有自己知道这个世界对我有多好的骄傲,似乎都已经紧紧地裹在了那一张涂满甜蜜的糖纸里。不用拆开,已有答案,无须言语,地老天荒。

就那么逍遥地,在炎炎的烈日下,在那些没有交集的

醒着的 梦话

回忆里，还原每一个深深铭记的场景，执着地寻找某一幢楼，某一堵墙，某一支曾经惺惺相惜的笔和全部的回忆……不断地重复解说，不断地畅想"如果"，一脸陶醉，却又蛮不讲理，知足的，那么彻底，却又贪心的，那么渴望可以穿越过去，还可以重构续集……

　　既然不能改写时光，又说服不了自己，不如，让幸福，斟满往事的杯盏；用快乐，装裱诗和远方。然后，把片刻当作永远来珍惜，把黑夜当作白天的延续……

顽皮的夜

　　桌上的零食又是越吃越多的节奏，窗外的灯光依然是我喜欢的暖。煮一杯咖啡，不浓也不淡，却是自己喜欢的味道。陌生的电脑，文档和ppt却依然是自己随心的版本，想着又可以那么肆无忌惮地在某一个地方装满胡思和乱想，想着某人和某些人不小心读了抓耳挠腮却无可奈何的模样，就像是在儿童节的时候"偷看"了某个"笨小孩"的日记，然后，背着他炫耀时的那种爆棚的成就感。

　　窗外的天，渐渐暗了。橘黄色的灯光，不张扬，不奢华，却总是那么轻而易举地就温暖着你的心，仿佛什么也没做，却又仿佛一切都是那么用心。在书桌前多了，你就会慢慢发现，曾经在多少个不经意间，你又把多少的情不自禁留在了那个一言不发的屏幕前。你的行云流水也好，你的纠结犹豫也罢，你的落字成诗，你的闲言碎语，你的肆无忌惮，你的小心翼翼，唯有她，才是你心中最真诚的"卧底"。絮絮叨叨的文字啊，总是和这个黑黑的夜一样的顽皮……

　　哈哈，不许耍赖，不许星星耍赖，一到天亮就回家；不许太阳耍赖，一到夜晚就下班；不许耍赖，不许把诺言"打扮"成梦话；不许迟到不许晚点，哪怕台风登陆毫不讲理，依然不许偷偷"赢"了她。

醒着的梦话

从此，猫也有了秘密

午后的猫，懒懒地在太阳底下睡着了。很想问问，是否在那白天的梦里，依然把夜深人静时的情愫念念不忘地抱在怀里。那种憨憨的表情，那种久违的惬意，就那么淋漓尽致地写在脸庞，在阳光的辉映下，又那么肆无忌惮地撒满绿茵，有那么一瞬间，让我忘记了已是冬天。也许世上所有的心病，晒晒太阳就可以不药而愈，只是我没有偷偷试过而已。

也许是因为每每步入深冬，也便迎来了生日，在辞旧迎新之际，回忆，总和期待一样势不可挡。是啊，从小到大，我们又有多少大大小小的愿望，在不长不短的季节里被不痛不痒地搁置了。在无可奈何的逝去与欢欣鼓舞的畅怀之间，我希望端坐着一个安静笃定的自己。在一片喧嚣里静默不语，找一只睡着的猫聊天，那么不可思议，又那么合乎情理。不用打草稿，不用列提纲，甚至不用顾忌表情和语气，就连标点符号，也可以随心所欲。她都笑着，她都睡着，她都听着，她都梦着。我告诉她，我就这点秘密，不许淘气，不许随风"告密"，否则，我就收回她倾听的权力；我告诉她，我就是这般赖皮，不许捣乱，不许迟疑不许改题，否则，我就趁阳光正好躲到十万八千里……

我忘了,她真的只是一只猫。还好,她真的只是一只猫。但,我确认,她陪我的这个午后,每一秒,都涂满了阳光。这份温暖,鱼儿又怎敢轻易地辜负?愿美好,依然可以风雨无阻,在每一寸崭新的时光里……

醒着的 梦话

时光轻浅　许你晴天

那天，和一位女孩儿聊天。

每每回想起来，那个画面种种温暖。我曾经无数次地在梦里描绘过幸福的模样，也曾经无数次地在手心雕刻着幸福的时光……忽然之间，悄然发现，还有一种幸福，源自毫无保留的信任和不约而同的牵肠……梦想，或者人生，都因为某一个共同牵挂的人，或者某一座城，或者某一个值得期待的远方，而彼此畅怀。

其实，很多时候，我们并没有刻意地不想说什么，又或者并不是因为某些话、某件事，重要到需要狠狠克制，只是，在某一个时空里，我们还没有遇见某一个可以畅所欲言的人，或者某一个可以畅所欲言的理由，仅此而已。就像是，这世间但凡美到极致的文字，行云流水也好，含蓄温婉也罢，虽然总会淋湿了你的目光，或者点亮了我的夜晚，又或者温柔了她的梦乡……但最好的开始，就是——不为什么。不为什么，遵从内心，活得真实而且漂亮，美好由衷而且漫长。

喝着茶，聊着天，续杯，坦言，不去计较时光匆匆骄阳似火，仿佛茶几上摆着的是那一本她一一经历，而我不曾参与，却又似曾相识的往事的纪念册。她娓娓诉说，我欣然翻阅。那么琐碎，那么真实，那种装满字里行间的骄傲与信任，是我在别的地方，不曾读到过的。那一刻，除了欣然赞许，不知道还能做些什么。其实，我想说的太多太多，一如她的感同身受，只是依然会放不下的骄傲与矜持……直至道别，又把嘱咐修改成"再见"。也，只说再见。担心骄傲与信任，也会上瘾，又会一不小心润湿了眼……

我知道，有许多的如果，无论怎样义无反顾，倾其所有，于我而言，也只能是梦里的奢望了，而她，终将可以换一种方式，代我护得安好，如我所念。

唯愿，时光轻浅，许你晴天。

醒着的梦话

刚刚起草的童话

　　新年的余温尚未散去,春天的美好日渐葱茏。2月14日,一个回忆与期待共舞,祝福与美好比肩的日子,那些总以为抵御不了的寒冷,慢慢不再隐隐作痛,蛰伏了整整一个冬天的思绪破茧而出,如春潮渐涨,如春风拂面,也如春花绽放。

　　华灯初上,锦湖流光。年轻的时候,盼望的是——走过的路上,可以处处风景;开着的窗前,都有繁花做伴;每次抬头,都可以一览无余月色和星光;每次做梦,都可以和你一起看遍诗和远方……因为那时候,什么都不缺,缺的就是一种执着的念想和追寻的力量。走到后来,才蓦然发现,带上一份好心情,熟视无睹的街头小巷,依然可以手握温暖;从容不迫的雨天,依然可以欢乐做伴;没有星光的夜晚,依然可以在心底种一轮暖阳。或者就这样,守着一份冬天不会冰封,春天不会融化,坚定如初的诺言,无论她装扮成琐碎的嘱托,真挚的祝福,顽皮的斗嘴,假装生气的模样……刻在目光里的在意,时不时地重温,时不时地翻阅,照样四季温暖……

　　这样的夜晚,道晚安还太早,若思念却正好;这样的时节,谈收获太早,想播种却正好。种一片紫色的薰衣草,撒满罗曼蒂克的味道,举头是星语心愿,耳畔是呢喃唠叨,那么琐碎,也那么美好;种一屋浪漫的童话,用心底的善良与手心的温暖搭一座小小的城堡,可以深深拥抱,也可以抵御烦恼,可以像个公主一样胡闹,也可以像个孩子一样欢笑……

或者,提笔研墨,任一纸绿意,在笔端肆意流淌;任素色的文字,描绘着那一颗波澜壮阔的心,满怀深情,一脸羞涩,恰似春天里含苞待发的花蕾,拢起的花瓣,羞红了的脸,指缝间都是欲说还休的语言……

我常想,不是每个人,都与我有缘,若有一天,时光老了,便找一个鸟语花香的小城,只做一个闲来喜字的女子,你还是那个愿意容我任性,为我撑伞,陪我看花的人,而那些风烟漫过的地方,一直有幸福在生长……这是我刚刚起草的童话。

醒着的 梦话

和某一颗种子结伴

小城安暖，随处可见的春光里，连往日不易觉察的小心思也开成了花的模样，羞涩，又斑斓；温柔，又张扬。阳光下的花儿，还有星星点点的露珠在躲躲藏藏，甚是欢喜，也甚是顽皮。莫名就喜欢上如此干净而纯粹的陪伴，可以毫无保留不设防的信任，也可以倾其所有最无间地相拥。

许多人的笔下，总喜欢把不同的女子描摹成不同的花，或热烈，或高雅，或娇羞，或寻常，一朵有一朵的姿态，一朵有一朵的精彩。可我却更喜欢做个护花的人，在时间的洪流里，看一颗小小的种子，怎样在泥土里做着浅浅的梦，又怎样和这个世界第一次深深道谢；看她遥望蓝天白云悠闲自若时一脸羡慕的神情，也看她一路风雨兼程依然初心不忘的骄傲与倔强；陪她情不自禁的欢喜，不染风尘的惆怅；也陪她将一季心事温暖成了流年无恙。

但我终究是成不了护花的人的。那些在时光里深深执迷，却又在花季里渐渐释怀的懂得，都是成长的烙痕，那么清晰，那么生动，一如每一寸土地对每一朵花的滋养与包容，别无所求，却又义无反顾，琐碎地陪伴，暖心地呵护，微笑地成全……寒来暑往，不慌不忙；轻烟雨巷，地老天荒……

原来全部的美好，在遇见你我之前，都不是偶然，所有的似锦繁花，都曾经历了岁月冷暖的煎熬与感伤。那些眸底的娇美，瞬间的惊艳，似水的温柔……都是一颗小小的种子在时光里用一生备的课，只是为了攒足全部的幸运，拥有一个和喜欢的人不擦肩而过的权利，留住一个永不迁徙的春天。

不算太晚，那就和某一颗种子结伴，不负春光……

醒着的梦话

都挺好

从那天开始,但凡有片刻悠闲的时光,我便会不自觉地闭上眼睛,微笑着遐想。这是我刚刚养成的一个温暖的小习惯。不沏茶,不煮咖啡,不玩手机不翻书,就那样,闭上眼睛,空气中都是想要的暖,那种近在咫尺,触手可及的幸福,是那么真实与生动。那一刻,我只负责做我自己就好,那任性地闹,淘气地问,傻傻地笑,只有风才知道,有多在乎,就有多美好。

海子说:"我们要有最朴素的生活,与最遥远的梦想。"世间有多少人,就是因为那遥不可及的远,就连开始做梦的勇气都克制着不敢声张。其实,抵达不了最遥远的梦想,有那么几个小而简单的愿望,然后一一实现,就很好。譬如,那天;譬如,此刻。譬如,我所有的词不达意和欲言又止,总有人通通懂得和深深珍惜;我那个心心念念的剧作梦啊,总有人陪我小心呵护与偷偷照看……

如果,遇见的都是天意,拥有的都是幸运。那么,早安。

笑着听歌醒着做梦

家门口的演唱会在雨中依依作别,朋友圈的演唱会又已自觉"重播"……就那么听着歌,发着呆,看早起的鸟儿叽叽喳喳逗留在窗台,看某年某月某一天的雨打湿了记忆中的伞,俏皮地落在了鱼儿的心海……

难得可以自然醒,却比以往起得更早一些,纵横交错的回忆里,是心灵栖息的牧场,是时光熏香的花房,是流年似水的相册,也是相逢与错过都一览无余的客船……

喜欢生活中的每一丝细雨,每一缕阳光,或热烈,或温馨,或滋养,每每困在琐事里,只要抬头仰望,总是可以感受到一种毫无保留却又一如既往的暖,就那么轻轻地翻阅着我的惆怅,就那么悄悄地抚平我藏在心底的念与想。我闭上眼睛,用温热的呼吸,轻触着每一寸笑意,仿佛那些遥不可及的梦啊,也如我希望的一般茁壮成长。

不知什么时候养成的坏习惯,喜欢捧着书,倚着窗,望着远方,有一行没一行地闲散着思绪,在每一个隐隐约约的路口,寻找记忆里那张熟悉的笑颜和写在手心里的暖……然后,把地久天长的诺言,种在那些云淡风轻的日子里,在炊烟袅袅中笃定成了光阴的永远。

一个人的时候,常常流连于回忆的海边,喜欢光脚走在沙滩，让浪花亲吻我的脚尖。我猜，浪花一定听得懂鱼儿的语言，而鱼儿也必定会珍惜浪花的每一声吟唱；喜欢一身长裙站在时光的左岸，让海风吹动着我的每一根长发，我猜，风儿一定知道，那深深浅浅，一串又一串的脚印尽头，从来都有我最想要的期盼……

　　笑着听歌，醒着做梦，就这样让全部的美好"单曲循环"……定格成回忆里最纯真也最惊艳的时光……幸福，也许就是与你同忆，和你同往——不早也不晚。

PART 3

换一个国家看人间烟火
——新加坡

人在一个环境太久了
就会失去他的敏锐度
生命需要"留白"
思想才会"自由"与"丰盛"
站立的位置决定眺望的方向
我们不可能用同样的自己
去面对不一样的未来
换一个国家看人间烟火
和你说说我眼中的新加坡

醒着的 梦话

　　赴新公派留学之前，对新加坡的了解，一部分来自两次旅行时的所见所闻，另一部分来源于一位好友的孩子曾经在新加坡留学四年的真实经历。新加坡很小，国家却很强大；新加坡买车很贵，交通却很便捷；新加坡消费不低，生活品质却挺好；新加坡秩序很好，警察却很少；新加坡学校不算很多，教育资源却非常丰富；新加坡对外开放程度很高，社会管理却从来很严……这样一个集好感与神秘感于一身的国家，到底拥有一个怎样的前世今生，又到底是一种怎样的教育文化成就了如今举世瞩目的狮城？在人群中，在城市里，我在观察，也在寻找。

一"车"规矩也一"车"故事

抵达新加坡的第一时间，与南洋理工大学的王老师取得联系，办理好一切入关手续，我才发现来接机的一共有两辆车，一辆载人大巴，宽敞舒坦；另一辆是小型"箱车"，专门载行李，非常便捷。赴新的第一课，让我知道了，解决人少行李多的方法，并非只有加大车型这一条路，我的生活认知，决定了我的思维方式。或许这一程的改变，就从"车"开始……

一周的"新"生活，我发现关于"车"的"规矩"，"车"的"故事"还真不少。1. 公交线路全覆盖。在新加坡，每个小区都是连廊设计，直达公交站点，下车去公司，去学校，去商场皆是如此。公交线路全面覆盖，非常发达。这样即使是雨天，人们不带雨具，亦可无忧出行（室外活动除外）。2. 私家车很贵。新加坡作为一个岛国，人口密度大，土地资源紧缺，却很少发生堵车。这和购买私家车需要拥车证，和并不低的车子的关税、进口税、消费税、环境税等有关。这让新加坡的车子成为全球售价最高的国家之一。当然，这也跟新加坡的公共交通的完善便捷，费用亲民，为老百姓出行提供了更丰富的选择有关。3. 公交车不报站名。新加坡的公交车与国内大不一样：这里是根据路程计费，前门

醒着的 *梦话*

刷卡记录上车站点，后门刷卡计算里程，最后结算乘车费用，如果下车忘记刷卡，将按全程计费；乘客到达站点前需按按钮，来提醒司机下一站停车。如果站点没有人上下车，该站点就不停靠。4. 坐地铁"规矩"不少。新加坡地铁由陆路交通管理局负责建造，并为盈利公司 SMRTCORPORATION LTD（新加坡地下铁公司）和 SBS TRANSIT（新捷运）提供特许经营权。这两家公司同时也经营公交车和出租车业务，以保证各种公共交通服务的有效结合。新加坡地铁也与政府组屋区里的轻轨系统相连接。还有一些规定：（1）地铁站及车厢内禁止饮食、吸烟和携带易燃易爆物品上车，否则将会罚款；（2）不可以随意搁置自己的包，或是把包忘在车上；（3）不要乱按紧急停车装置，因为乱按紧急停车会罚款；（4）新加坡地铁站里是不允许拍照的，虽然一般没人拦着你，但是如果你拿出专业摄像机等进行摄录，工作人员会进行阻止；（5）预留座位是留给老人、孕妇、带小孩的大人以及残疾人士的；（6）新加坡的地铁站里都会循环播放新加坡乘坐地铁反恐防爆的一些宣传视频，防患于未然，忧患意识特别强；（7）地铁站里的等候处都会贴有一张明令禁止的告示牌，告诉我们什么是可以做的，怎样做是对的，什么是不可以做的，将会受到怎样的惩罚。

一"车"规矩，一"车"故事。规矩是冷的，故事是暖的，一尘不染的环境，畅通无阻的交通，"百事通"的公交司机，秩序井然的地铁站和每一张擦肩而过的微笑友善的脸……都像极了这个火热的季节。

尊重，是一种自觉，更是一种文化

这里的每一天，都值得记录。我见到的并不是新加坡的全部，却是部分的新加坡最真实的样子。

到新加坡的第一餐，我们去的是食阁。听王老师介绍，新加坡人比较少做饭，一般都在食阁解决三餐，而几乎每个居住区都会有这样的食阁。各种文化，各国饮食，各式语言，在每一个食阁里都是共存的，也都是彼此尊重的。

新加坡是一个文化多元的移民国家，多种族多文化在不大的土地上彼此尊重，和谐共生。促进种族和谐是政府治国的核心政策，新加坡以稳定的政局、廉洁高效的政府而著称，是全球最国际化的国家之一。兼容并蓄的文化特色为新加坡增添了无限的魅力，而不同文化并存成为密不可分的社会整体，更令人叹为观止。新加坡汇聚了来自世界各地不同种族的人民，除华人、马来人、印度人和欧亚人四个主要种族外，还有其他少数民族。在新加坡可以驻足每个文化街区，感受最直接的民族文化。

这样的尊重，在新加坡，是一种自觉，更是一种文化。

第一次走进李伟南图书馆，所有的细节里，都写满了"尊重"。馆内布局错落有致，色调清新自然，有查阅纸质自学区，映像讨论区，资料自主复印区……可以个人，也可以小团队，

醒着的 梦话

虽然可以同时容纳那么多人,但你进去后,却可以感觉得到这里的每一个人都可以得到独一无二的体验……无论是内容的选择,读书的姿态,交流的方式……都得到了充分的尊重与包容。不用任何人来教育你,你要好好读书,你会心甘情愿地静下心来,只想与书为伴……不尊重,在这里,是不被理解的。就连卫生间的配备与设计,也是充分考虑了不同种族的生活习惯。种族和谐共生是如此,人与动物,人与自然亦是。

周六那天,跟随几位特别有经验的朋友去武吉知马自然保护区爬山,热带雨林独具特色的风景,对于我这个"运动困难生"来讲,显然已经是意外的奖赏。更令人惊喜与

深思的却是这样一个小细节。有一条高速公路，要穿过这片自然保护区，为了不让公路两旁的动物，被高速公路所隔开，特地建了一座人工隧道，隧道的上方，种满了植被，最大限度还原生态环境，既满足了交通上的便捷需求，更让两边的动物可以安全地互相来往。常识中，城市的建设里，总是人在主导，动物从来都不会发言。但不发言并不意味着它们没有意见，如此有爱的设计背后，是设计者，更是新加坡这个国家尊重的"温度"所在。

而被尊重的人和物，也总在"被尊重"的过程中，学会尊重，并把这份尊重刻进生命里。

醒着的梦话

今天是你的生日

总觉得生活要有代入感,才能体验别人的喜与悲。8月9日是新加坡的国庆节,举国公休,而我们则有机会现场见证,一国盛典。

整个庆典的过程,像过年,又像回家……这是一种很奇特的感觉,像过年那样隆重,富有仪式感,气势恢宏,又像回家那样轻松,舒坦,自由……当国庆口号:"One People,One Nation,One Singapore!"(一个人民,一个国家,一个新加坡!)伴随音乐响起,当全场振臂高呼的声音响彻云霄,每一个不同身份,不同种族的"我",共同的是由衷的感动与深深的震撼!如果说唯美的画面,带给我们的是视觉上丰盈的享受,那么新加坡举国上下共同欢度国庆的那一份仪式感、自豪感和归属感,则让我们充满了敬意!我想,也许,这就是新加坡的灵魂所在。

随着人流有序退出会场,所有的台阶、道路、草地,洁静如初,这可是很多市民排队占位了6个小时以上的天然会场!烟花已逝,思考却刚刚开始……所有的不约而同背后,是一种怎样坚强团结的力量,是一种怎样高度的认同,是一种怎样的教育文化的成就和成全……

"坡"有意思的植物园

去新加坡植物园的路上，忽然就下起了倾盆大雨，导游建议我们先在入口处的亭子里等待，还说热带岛国的雨来得急，去得也急，一定不会让我们等多久。我们下车的时候，亭子里刚刚到了一批学生，应该是小学一二年级的光景，他们正在两位老师的带领下，整理队伍，有序地穿上雨衣，带上雨具……没有喧闹，没有抱怨，那种坦然与悦纳，与一边东张西望，一边急切地渴盼雨停的我，是截然不同的。

我想我们肯定都有过这样的经历，当我们要组织外出活动，组织春游、秋游、社会实践的时候，除了考虑与其他课程的冲突之外，考虑最多的就是天气了。我们也曾经遇到过，因为天气不好，临时调整为室内活动，孩子们就

醒着的 *梦话*

只能望"雨"兴叹了。

当我们在导游的带领下,一步一步向前走去的时候,我们又遇见了刚才在亭子里遇见了那一批学生,他们的老师正带领着他们进行讲解……我听不懂他们在讲什么,只看见他们的眼神都闪着光……再走两步,又是另一批学生刚好是在瀑布底下,和老师在互动……一路走去,似乎处处都可以看到一波又一波学生的身影……从学生们的穿着打扮,以及湿漉漉的头发,我可以猜到,他们的课堂在雨中已进行多时。我不禁好奇地问身边走过的人,每天都会有这么多学生来这里吗?他们难道不怕淋了雨会感冒吗?家长难道没有意见吗?原来,新加坡的植物园还是学生们的课外实践基地。上课的时间,会有老师的带领,他们到植物园里来参观实践和学习,这里就是学生们的另一个课堂。这些已经是学生们的学习和生活中最正常不过的一部分了。

在失去中得到，也在得到中失去。这是人生的常理，也是每个人都需要去面对的。最真实的课堂，才会最接近最真实的生活。是啊，哪有比"摆在眼前"更具说服力的课堂呢？对学习来讲，晴天可以上"晴"的课，雨天可以上"雨"的课，如果说，植物园就是最好的教科书，那么，老天爷就是最负责任的出卷人。这样说起来，我们又何必一面刻意地在回避学生们终将面对的风雨，另一面又掏钱虚拟"磨难"，去进行生存训练呢？

充分地利用现有的资源，也坦然地面对未知的风雨，这才是对资源的不辜负，这才是对未来生活最原生态的"备课"，这也许就是另一种方式的学习。

醒着的 梦话

每个人，都在为无数个可能的未来做准备

学习的目的，不是为了简单地否定或者肯定，而是为了觉醒、建构，重新去定义习以为常的"耳闻"与"目睹"。

半个月的课程学下来，有一个现象引起我的好奇，那就是来为我们上课的老师的身份。不仅仅因为有许多老师都曾经给李光耀、李显龙总理亲授过课程，更因为他们每一个人身上都不止专家学者一重身份，有的还是公司总裁、房地产企业家、研究所所长、集团主席、学院院长，等等。几乎每一位都不纯粹是某一个领域的专家，更是一位复合型的人才。研究的内容涉及面广，但研究的思考总能在一线实践中清晰地得到印证。教育领域的顶尖学者，也是新加坡各方面建设的佼佼者，身兼数职，业业皆精英。换句话说，即使在某一个领域失去了就业机会，在另外的很多领域照样也是特别杰出的人才。

原来"生存"，就是新加坡与生俱来的一个历史命题，生于忧患，直面忧患，是每一个新加坡人必须共同面对、共同战胜的必修课题。我们开始理解，从未发生过地铁恐怖事件的新加坡地铁站里，反恐防暴视频为什么循环地播放；我们开始明白，新加坡无论哪个地方有人发生晕倒、溺水等意外情况，身边的新加坡人总能及时专业地进行施

救；我们开始认识，为什么一座一百多米高的山，却可以充分利用原始自然生态设计成极为丰富的登山路道，每一位登山者无论年龄长幼，无论从配备还是姿态，都是那么专业、用心与投入；我们开始慢慢懂得非危机状态时期，为什么还会有不可思议的"减薪演练"……为一切未知而提前所做的一百分的努力，就是"生存"教育的全部意义。如果"生存"的课题，已是每个人的必修，一方面通过改善，来减少危机，而在危机面前，却依然可以努力生存。

也许，教育的意义，不只是为了通过教育，应对已知的世界，更重要的是指向无限可能的未来，你该做怎样"有用"或者是终将"无用"的准备？

醒着的 梦话

向"努力的通胀"说"不"

很多事情就像是旅行一样,当你决定要出发的时候,最困难的那部分,其实就已经完成了。世界,在你出发的一刹那,突然充满了悬念,也会致以每一位勇敢者真诚的掌声。

周一的上午,来自新加坡南洋孔教会的副会长王国华先生为我们讲述了《新加坡发展校本课程的支持策略——新加坡全人教育的经验》。王会长的报告从"特金会"为什么选择新加坡谈起,向大家介绍了新加坡治国的基本原则,那就是:以价值观为本,以务实为施政的基本原则,不断寻找平衡点。王会长还幽默风趣地向我们生动解读了新加坡精神的核心——我们不断地以前瞻性的思维规划未来,保持竞争优势,我们时时刻刻做好准备迎接未来。王会长说,寻找当前教育的平衡点,就是为迎接未来教育应该做的努力和准备。

人的成长与学习,有时候是个漫长的过程,有时候领悟却就在一刹那间。当我们全力以赴想要获取方法的同时,我们却往往顾不上花时间去思考,我们的问题在哪儿?在王会长的课堂上我听到了这样一种表述——"努力的通胀",忽然间豁然开朗。

当我们越来越努力，越来越忙碌，当我们的孩子，我们的家长越来越努力的时候，越来越忙碌的时候，我们的获得感是否与我们当初付出的这份努力是一致的，成正比的呢？答案是显而易见的，那么怎样让努力不再"通胀"，让教育人的努力和孩子们的努力，都可以拥有该有的获得感与成长呢？我想这是我们在开发校本课程之前更应该思考清楚的课题。在教育的过程中，我们不应该因为一件事，有了美好的愿望和初衷，许多背道而驰的做法就值得去原谅；更不应该人云亦云，为一时的得失而不去坚持明知道是对的方向；生活也是如此，同样需要我们有说"好"和"不"的勇气。比如，向"努力的通胀"说"不"的勇气。

醒着的 *梦话*

每个人都应该去尝试"不拥挤"的生活

虽然在来之前，我们已经做好了全面细致的对接，但抵达新加坡的第一天，我们还是遇到了一个小问题，有两位学员的房间有刚刚刷过油漆的气味，还有一位学员的房间，单独安排在另外一栋楼，不太方便集体活动与团队的交流，于是我开始联系NTU的王老师，想要尽快地解决房间调换的问题。王老师热心地解答了我的各种问题，同时反复地跟我解释，当天是周六，能不能坚持两天，等到周一再调换，因为宿管员周末都在休息，不方便打扰。事情在周一得到了妥善解决，但一个问号始终都留在我的心里——新加坡人的周末都是怎样的呢？

而后第一周的周末，室友肠胃炎发作，想要看医生，想就近找个诊所或者药店，我再次去找宿管员帮忙。宿管员王师傅听了我的来意后，笑了笑说："今天是周末，我不想回答你的问题。"我恍然大悟，连声说"I'm sorry"。王师傅知道我不是故意打扰，友善地为我们推荐了药店和路线……但那个问题，我愈加地好奇了……

后来，在融入这座城市的烟火中，我也对新加坡有了崭新的认识和了解。对于新加坡人来说，什么是最重要的？新加坡家庭理事会（Family for Life）公布的一份调查结果显示，家庭对于新加坡人来说是第一位的。

家庭理事会一共收到了超过 700 份有效答卷。在被问到心目中最重要的事物时，92%的人选择了"家庭"。其他五个选项包括个人健康、经济状况、事业、友谊和爱好。有一半的受访者认为，过长的工作时间是妨碍他们和家人共度时光的最主要因素。

在新加坡，你可能会在那里的某一家餐馆，看到类似这样的告示：本店逢周一休息，不营业。

以"不养懒人"著称的新加坡，其实并不是一个提倡"拼命工作"的国家。休息权也是新加坡人特别看重的权利，而充分的休息，会让人对工作充满了渴望和期待，会更有创造的动力和思考。我想，这与我们老祖宗提倡的"一张一弛"，应该是异曲同工的吧。单位时间里效率最高的人，不管是对企业还是对社会，都是最有价值的。

有一本书曾经记录，在硅谷里真正成功的创业者五六十岁的偏多，这跟我们的概念是不同的。白岩松说，中国什么时候，能够不把创业全部当成年轻的事业，就跟中国不该把志愿者都当成青年志愿者一样。在新加坡，你也会发现身边许多年长的人，都依然在从事着各种各样的工作，比如公交车司机，比如营业员，比如公司员工，等等。新加坡人不管年纪多大，一般都很重视工作和生活的平衡。

生命有"留白"，时光就会还你惊喜。在尊重自然规律的前提下，让我们在"留白"中轻松呼吸，放飞梦想，尝试未知，从而去拥有只属于每个人的自由而丰盛的思想，

醒着的 梦话

让每一个平凡的我们,都可以过上不太"拥挤"的生活。也许这就是"美好"这个词,最接地气的注解。

很庆幸,在有生之年可以暂别习以为常的生活,换一个国家看人间烟火,以开放的态度结识原先固有的生活之外的有趣之人,去经历一切新奇之事,让"出走"的我,以更丰盛,更充盈,更智慧,更蓬勃的姿态回归。

PART 4

把做过的梦当酒喝

想把星星想把月亮
都请到我的梦里
把那些醉醺醺的章节
连同那醉醺醺的标点
寄给未来的自己
和正在阅读的你
愿世间所有的幸运
都是欢喜的排比与美好的复习
愿我们都可以
"住"在爱的世界里
毕业遥遥无期……

醒着的 梦话

走在江南淡淡的风里

我走在江南淡淡的风里
看时光踮着脚尖
从这棵树的树梢闪过那棵树的树梢

我走在江南淡淡的风里
看光阴鼓着劲儿
在这块青石板和那块青石板的缝隙间疯长

我走在江南淡淡的风里
看岁月蘸满思念
在这面墙和那面墙的转角写满沧桑

我走在江南淡淡的风里
让视线追随着时光的脚尖
让脚步应和着光阴的琴键
用指尖触摸着岁月的心跳

醒着的 梦话

我走在江南淡淡的风里
闭上眼睛寻找若隐若现的禅音
伸开双手轻轻翻阅那时缓时急的雨
和那雨中的回忆

曾经遇见一颗糖

曾经遇见一颗糖
闪闪的衣裳淡淡的香
有人想拥有　有人想品尝
也有人假装默默张望
谁都不想离得太远
当所有的人都在向往
其实糖也在思量
在糖成为糖之前
糖也有曾经的念想
只不过糖选择了将自己磨砺成
今天的口感　今天的模样
薄薄的衣裳　柔柔的香
路过得很偶然
没有想过会留下太多温暖
只是一不小心
读到了薄薄的衣裳内坚强的伪装
以及那一望无际的喜欢
原来你是一颗软心软糖
最可爱的那一种

醒着的 梦话

温柔的伪装

只是因为误打误撞
不小心看见了你的伪装
你来不及掩饰你的慌张
任我轻轻地翻开轻轻地合上
我的一脸坏笑你的一脸茫然
传说中坚强的模样
不过是内心与习惯的较量
或许你一直在期待的
便是这样的对白与目光
而不是所有人的赞赏和仰望
你想要的你想爱的你想做的
连同你爬了半夜的山
摘下的这轮月亮
足以温暖

到海边走走

还是想到海边走走
牵一双想牵的手
哪怕太阳不开溜
哪怕晒得黑黝黝
哪怕一个浪头接着另一个浪头
谁也不舍得松开手
还是想到海边走走
带一个承诺一个沙漏
看梦想的细沙极尽温柔
从沙漏的这头流向沙漏的那头
找一个借口赋一段新愁
不打草稿的剧透　蛮不讲理的要求
还是想到海边走走
也是诺言也是等候

醒着的梦话

一个人的修行

露宿在尘世的街头
头枕着文字修行
看那三三两两的忧伤
与那五颜六色的幸福相视而过
没有柔情却也没有怨尤
看街这头的红豆
与街那头的红豆
日日遥相问候
没有厌烦却也没有离愁
看岁月牵着风儿的手
却享着月儿的温柔
看时光读着秋天的诗
却拨弄着春天的画轴

露宿在尘世的街头
头枕着文字修行
我一动不动
却似穿越却似游走
红灯绿灯都不能把我左右
因为人在修行心在参透

如果有一天

如果有一天　我学会了开车
我想上哪儿就上哪儿
如果有一天　我学会了开车
我想不上哪儿就不上哪儿

如果有一天　我学会了开车
我想带谁上哪儿就带谁上哪儿
如果有一天　我学会了开车
我想不带谁上哪儿就不带谁上哪儿

如果有一天　我学会了开车
我想轰油门就轰油门
如果有一天　我学会了开车
我想踩刹车就踩刹车

如果有一天　我学会了开车
我想什么时候开就什么时候开
如果有一天　我学会了开车
我想不撞哪儿就不撞哪儿
如果有一天　我学会了开车
　——想想都美

醒着的梦话

等我老了

等我老了
婺江的那头　水墨的风景　斑驳的诗行
可依然如画否

等我老了
视线的尽头　时光的烙印　岁月的银光
可依然如梦否

等我老了
童话的枝头　熟悉的对白　走心的承诺
可依然如歌否

等我老了
也许我会忘了所有
也许我还能够拄着拐杖　向着夕阳
站在风儿必经的路口
颤颤巍巍慢慢悠悠

把做过的梦当酒喝

醒着的 *梦话*

如果我没有猜错

如果我没有猜错
窗外一定下着雨
而我一定还在睡梦里
在梦里
不会有光鲜照人的身不由己
在梦里
才可以自由自在地依心而居
在梦里
即使说了一万遍的我不理你
转身依然是暖暖的笑意触手可及

如果我没有猜错
何夕一定是今夕
而雨季恰逢是冬季
在冬季
不会有被风迷了眼的借口
笑了就是笑了哭泣就是哭泣
在冬季

把做过的梦当酒喝

才会有戴手套的日子里
草草握别的百感交集
在冬季
即使是举目沧桑遍地静寂
来年依然是春天的故事如约来袭

如果我没有猜错
窗外一定下着雨
而我一定是在风里

醒着的梦话

到时光里走走

到时光里走走　　在睡梦中牵手
想要来　　却找不到借口
想要走　　却又频频回首
梦的堵城　　心的自由
想把自己武装成一个武林高手
静在心　　动在手
树在左　　风在右
满城皆是黄金甲
终究输给一个人的绕指柔
还没好好玩够　　夜已深了
看一场又一场的宿醉路过窗口
还没乖乖睡着　　天就亮了
任一树又一树的诺言缀满枝头
可是可是
从夜深走到天亮
为何总是
距离太远　　岔口太多　　红灯太久

与风对酌

既然
执念
不肯冬眠

既然
思绪
不随花落

既然
披着梦
还是哼着醒时的歌

既然
转过身
还是牵挂来时的客

不如
烫一壶寂寞
与风对酌

醒着的 梦话

不如
铺一纸闲情
为你落墨

想在同一个掌心
写满全部的诉说
想在同一个天涯
如约想要的承诺

想在春天里
笑看细雨拥抱阡陌
想在秋风中
喜迎枝头缀满硕果

想把此刻定格为
记忆中最悠然的那一刻
因为我猜
你一定懂我

为你写序

在季节的风中
读懂一朵云的痴迷
为了你

在时光的潮里
鼓起一叶帆的勇气
我愿意

以海的名义
为你抒怀
为你寄语
如果
潮汐可以代为翻译
用鱼的素笔
为你构思
为你写序
原来
距离也是一种诗意

想把花儿唤醒

想把花儿唤醒
尝一口青梅煮酒寻味
想把风儿灌醉
待一场倾城雪色来陪

时光明媚
看那季节与季节草草握别却又萍水相逢
一地落英　皆是初心不悔
繁花吐蕊
任那目光和目光遥遥相望却又咫尺相随
满天呓语　只为不醉不归

想把凌乱的视线扎成稻草人
无烦无忧　没心没肺
想把成串的执念　装进随心杯
想笑就笑　想泪就泪
想手牵着手　想背靠着背
想把我填的词　在风儿的声音里唯美

你

想把对你说过的话
线装成一本书
封面是十指相扣
封底是频频回首
从一数到三百六十五
掀起来是风景依旧
翻过去是执念是祝福是问候

想把陪着我的时光
错落成一幅画
脚下是步履匆匆
笔尖是含情脉脉
从路的这头走向那头
一边在期待中翘首
一边在惊喜中等候

想把时光过成诗
想把光阴酿成酒

醒着的 梦话

想把梦想红烧　那才可口
想把烦恼光盘　不必忧愁
想把牵挂打包　随处拥有
想把祝福煲汤　让心自由
想把疯狂的坚持　写进憧憬的未来
用心感受
时光的静好　世界的温柔

别

慢慢地懂得
那些渐渐远去的曾经
还没有来得及挥手的告别
那些不得不放下的往事故人
以及想放下却尚未彻底放下的功名
就这样把我们
推向了懵懵懂懂的未来
措手不及
却又无所畏惧
因为生命的每一天
都是余生中最年轻的时光
所以
只争朝夕地努力
慢条斯理地老去
和你一起

盼

似乎有时候
是那么贪心
许我今夜皎洁的月
又想许我
如星星一般多的诺言
似乎有时候又是
那么轻易地就被温暖
问候或者陪伴
手心或者目光
原来天寒天暖
不只和季节有关
有一种神奇的力量
从来都有办法
悄然抵达你的心房
—— 今天是三百六十五分之一
今天也是全部

念

醉在花间　醒在梦里
你盛开的样子很棒
我也一直很努力
就这样比肩站在一起
只有一个转身的距离
每一阵不期而遇的风
都是对美好的最深致意
哦　忘了告诉你
阳光和雨露陪伴左右
而你却承包了我全部的花期

醒着的梦话

冬 天

想念真的冬天
与炎热的夏天隔着一个秋天
雪山雪地雪娃娃都在眼前
村庄城市田野都像是在过年
一场雪　就下遍了整个朋友圈
爱和思念积攒了整整三个季节
都被积雪唤醒了
在这样的雪天
适合用诗一样的语言聊个天
适合与心心念念的人儿见面
在这样的雪天
时光再冷　心里也甜

换你时光明媚

知道自己没有翅膀
就原谅自己不会飞
脚踏实地走的每一步
都会有点累却从来不言退
屏幕上的英雄总是那么完美
平凡中的坚守　危机时的智慧
每一种万众瞩目的荣光背后
无一不是默默无闻琐碎的积累
不如把磨砺当作一场储备
枫叶红了的时候
你会感激
所历风雨
终将可以换你时光明媚

觅月集

换一座城市觅月
目之所及皆是惊喜
高山深谷　旧友新蜜
满山秋色都是丰收的献礼
惬意诗意满满谢意
谜一样的阡陌　蜜一般的回忆
约定也是那么地默契
下一个星空　再叙再续

复习

天空装不下回忆
才会偷偷下雨
每一次和雨天重逢
世界和往事都会格外清晰
不如一起复习
雨中日记

约定

我的镜头
装不下全部的风景
能够亲口说给你听
是我的荣幸
写封信给你
当作最新约定
我向往未来　也喜欢回忆
海风作序　浪花执笔
所有的深蓝浅蓝蔚蓝湛蓝
通通都是一个人的自言自语
纵然有一天
时光远去
回望处
你的怀抱
依然是我的流连忘返
和目之所及……

暂 别

星星有时比灯火更低
距离常让远方反而更近
时光看起来很没道理
却让一切的错落与暂别
都有了与众不同的美好意义

醒着的梦话

海

目之所及
像十五岁时写的诗句
无须发表　不用邮递
每一行都是羞涩的惊喜

影

怎么都拦不住回忆
如此倔强　如此顽皮
像围墙顶上簇拥的枝丫
又像夏日里随行的影
甚至不用抬头不用转身
就可以轻而易举
闯到你的视线里
忽然想起街头那些论斤卖的书籍
那密密麻麻的批注里
是浇灌过的汗水
也是咬牙坚持的意义
在交付的那一刻
何尝不是和一段旅程悄然别离
怎么舍得
那仅仅怀揣一份小小的期许
却义无反顾
曾经一步一个脚印的十万八千里
有一天你终将哭着笑着
亲自把她概括为回忆

醒着的 梦话

我们总是一厢情愿地认为
被选择的　才更为珍贵
不够重要　才会被忘记
生活无解　却像变戏法似的出题
也许有太多的选择本身
到最后未必都能领会原意
不如
换一种方式去守护珍惜

感谢你

许是计划已久
又或是不约而同
这个秋天
太多道别　也太多惊喜
我羡慕飞鸟　不远千里的勇气
飞鸟却又羡慕我　时时都有做梦的权力
偏爱与信任　谁不欢喜
歉意与感激　再多的言语
却也总是词不达意
人生也许就是
一程又一程地走向未知
而后慢慢熟悉　慢慢珍惜
在我的文字里
那些无数次被感谢过的时光
无数次被感谢过的风和雨
其实都只是想说　感谢你

醒着的梦话

温暖的谜底

想问问大海
自从签收了鱼儿的归期
你等待的每一分钟
是否都有了崭新的意义
想问问星星
每一个有雨的天气
你是否依然顽皮
躲着天空赖在了梦里
想问问秋风
思念总隔着距离
承诺你可记得常常复习
我知道
所有的答案都有温暖的谜底
趁着夜色起草的问候
总能马不停蹄抵达晨曦
许我星辰与大海
许我任性与淘气
月色作序　风儿执笔　认真答题

遇见 再见

不擅长告别　　却终将依依告别
今生何幸　　能拥有这般相逢的机会
此行无悔　　所有风景无须雕琢已是最美
用脚步丈量过的每一寸土地　每一处海
甚至每一趟公交　每一个地铁的站台
用目光亲吻过的每一面墙　每一棵树
连同每一间教室　每一个座位
还未离开　　却已被思念包围
上过的课　　铭记的是南大的教诲
唱过的歌　　多得就像是华语演唱会
蹭过的饭　　是怎么也尝不够的人间美味
举过的杯　　装满多少认真的玩笑和清醒的醉
做过的笔记　　常常能读到高瞻远瞩的思考与
情不自禁的赞美
在那带着泪的笑里　　把祝福签收
在那带着笑的泪里　　把谢意放飞

被你润色过的春天

那些被你润色过的春天
总是轻而易举地把我灌醉
曾经不经意间撒下的美好
在时间的浇灌里
每一程都是那么从容那么精彩
那红色的黄色的紫色的……裙摆
迎着风排起队
铺天盖地踮着脚尖
等着与你干杯
原来来路漫长　时光琐碎
每一份悄然的用心与背后的成全
回望时都足以与春光相媲美

拎一篮春光来看你

在去往初夏的路上
我拎一篮春光来看你
祝福还很新鲜
连标点都是刚刚摘的
字里行间
那酸酸甜甜的都是爱与思念

雨 夜

凌晨三点
失眠的人儿
平分了全部的黑夜
谁在人间
贩卖雨天
赶在天亮以前
我把书翻到最后一页
和每一段心爱的文字告别
连同那一个不经意间的标点
因为我读到的每一个章节
也许都是另一个人
下着雨没有伞用力活的人生全篇

最深的夜

最深的夜
最圆的月
希望时间可以慢一点
趁着夜色
让我可以
把所有的梦
连同最皎洁的祝福
都一一挂在那群星中间
你一抬眼
便能见

醒着的梦话

向往的风景

总是出发得很早
成长得很慢
期待的答案
一直会幼稚地问个不停
想做的梦
依然是大部分人一生的奢侈品
在工作中清醒　在生活里任性
到了不大不小的年龄
依然会把最初的梦
当作最向往的风景
总要学会
去做些不大不小的决定
关乎余生　也关乎爱我的人
眼前的诱惑与未来的预期
是熬多少夜也未必能看得清的课本
如果尚且不能确定
是否是最好的决定
不如　随心

因为足够幸运
总会有大把的时间
用心的努力
一起把她变成最为正确的决定
希望有一天
生活里只需要
做一些极其可爱的
小微决定
只关乎
我的体重和心情

愿你的心里总有晴天

三月正式作别
那些永远
也回不去的青春和童年
老房子老邻居老物件
用再长久的时间
备最仓促的一课
还是没有办法
和那么多美好的从前
从容说再见
泪是人造的最小的海
每一滴
都是回忆里温暖的长篇
今夜
星星躲着不见
我却奢侈地拥有整个雨天
不舍有点酸　期待有些甜
崭新的四月
相信所有的明天都优于从前
愿你的心里总有晴天

最后要感谢

这一程与你清澈的相遇

后会有期